나는 신채호다

1판 1쇄 인쇄 | 2026년 4월 10일
1판 1쇄 발행 | 2026년 4월 16일

지 은 이 | 이동순
펴 낸 이 | 천봉새
펴 낸 곳 | 일송북

주   소 | 서울시 성북구 성북로 4길 27-19
전   화 | 02-2299-1290~1
팩   스 | 02-2299-1292
이 메 일 | minato3@hanmail.net
홈페이지 | www.ilsongbook.com
등   록 | 1998. 8. 13(제 303-30300002510020060000049호)

※ 잘못된 책은 구입처에서 교환해 드립니다.

근대

'조선의 체 게바라'로 불린 선각자

나는 신채호다

이동순 지음

알동북

/ 34
申采浩

나는 *신채호* 다

역사를 잃으면 미래도 없다

일본은 내 나라를 강탈했다. 나는 그 일본을 '강도'
라고 불렀다. 독자들이여! 내가 어떤 삶을 살았는
지 궁금하다면 이 책을 보시라.

- 신채호가 독자에게 -

한국을 만든 인물 500인을 선정하면서

일송북은 한국을 만든 인물 5백 명에 관한 책들(5백 권)의 출간을 기획하여 차례대로 펴내고 있습니다. 이는 긍정적이든 부정적이든 우리 역사에 뚜렷한 족적을 남긴 인물들의 시대와 사회를 살아가는 삶을 들여다보고 반성하며, 지금 우리 시대와 각자의 삶을 더욱 바람직하게 이끌기 위해서입니다. 아울러 한국인의 정체성은 무엇인가를 폭넓고 심도 있게 탐구하는, 출판 사상 최고·최대의 한국 대표 인물 콘텐츠의 보고(寶庫)가 될 것입니다.

한국 인물 500인의 제목은 「나는 누구다」로 통일했습니다. '누구'에는 한 인물의 이름이 들어갑니다. 한 인물의 삶과 시대의 정수를 독자 여러분께 인상적·효율적으로 전할 것입니다. 무엇보다 지금 왜 이 인물을 읽어야 하는가에 충분히 답해 나갈 것입니다.

이번 한국 인물 500인 선정을 위해 일송북에서는 역사, 사회, 문화, 정치, 경제, 국방, 언론, 출판 등 각 분야의 전문가들로 선정위원회를 구성했습니다. 선정위원회에서는 단군시대 너머의 신화와 전설쯤으로 전해오는 아득한 상고대부터, 아직도 우리 기억에 생생한 20세기 최근세까지의 인물들과 그 시대들에 정통한 필자를 선정하고 있습니다.

우리는 지금 최첨단 문명시대를 살고 있습니다. 인터넷으로 실시간 글로벌시대를 살고 있으며 인공지능 AI의 급속한 발달로 인간의 정체성마저 흔들리고 있음을 절감하고 있습니다.

이러한 때일수록 인간의, 한국인의 정체성이 더욱 절실히 요구되고 있습니다. 그 정체성은 개인과 나라의 편협한 개인주의나 국수주의는 물론 아닐 것입니다. 보수와

진보 성향을 아우르는 한국 인물 500인은 해당 인물의 육성으로 인간 개인의 생생한 정체성은 물론 세계와 첨단 문명시대에서도 끈질기게 이끌어나갈 반만년 한국인의 정체성, 그 본질과 뚝심을 들려줄 것입니다.

차례

우리가 신채호를 읽는 이유

이 책은 위인을 기리기 위해 쓰이지 않았다.

존경을 요구하지도, 감탄을 강요하지도 않는다. 다만 한 인간이 자기 시대와 끝까지 불화하며 어디까지 갈 수 있었는지를 묻기 위해 쓰였다.

단재 신채호는 안전한 자리에 머물 수 있었던 사람이다. 학자로 남을 수도 있었고, 지식인으로 존중받을 수도 있었으며, 역사의 해설자로 살아갈 수도 있었다.

그러나 그는 그 모든 가능성을 하나씩 버렸다.

나라가 무너질 때 그는 분연히 붓을 들었고, 침묵이 요구될 때 가장 위험한 말을 선택했다. 함께 가자는 손길보다 홀로 가야 하는 길을 택했다. 이 책은 그 선택의 기록이다. 영광의 연대기가 아니라 결단의 연쇄이며, 업적의 목록이 아니라 포기의 목록에 가깝다.

신채호의 삶을 따라가다 보면 독자는 종종 불편해질 것이다. 그의 문장은 위로하지 않고, 그의 사상은 쉽게 동의되지 않으며, 그의 태도는 오늘의 우리에게조차 가혹한 질문을 던진다.

그러나 바로 그 지점으로 인해 이 평전을 멈추지 않으려 한다. 이 책이 묻고 싶은 것은 '신채호는 위대했는가?'가 아니라 '우리는 지금 어디까지 감당할 수 있는가?'이기 때문이다.

신채호는 국가를 의심했고 권력을 불신했으며 자유를 위임하지 않았다. 그 선택은 그를 고립시켰고, 끝내 감옥과 죽음으로 이끌었다. 그럼에도 그는 사과하지 않았고 후회하지 않았으며 한 번 쓴 문장을 끝까지 책임졌다. 이 책은 그의 모든 주장에 동의하라고 요구하지 않는다. 다만 그가 어떤 질문을 품고 어디까지 갔는지를 정면으로 바라보자고 제안할 뿐이다.

역사는 완성된 답을 주지 않는다. 대신 다음 선택을 요구한다. 신채호의 삶 역시 하나의 답이 아니라 우리 앞에 놓인 하나의 물음이기 때문이다.

이 책을 덮을 때 독자가 특별한 무언가를 느끼길 바라지는 않는다. 다만 한 가지, 조금 더 쉽게 침묵하지는 않기를, 조금 더 늦게 타협하지는 않기를 조심스럽게 바랄 뿐이다. 그것이 신채호가 남긴 글과 삶이 지금까지도 여전히 불편한 이유이며, 이 책에서 다시 그를 소환하는 이유다.

이 책을 쓰며 나는 자주 멈추어 섰다. 그의 사상이 아니라 그의 태도 앞에서였다.

단재 신채호는 늘 옳았던 사람이 아니다. 그러나 그는 한 번 선택한 문장에 대해 끝까지 책임진 사람이었다. 그 책임은 명예로 돌아오지 않았고, 안전으로 보상받지도 못했다.

그럼에도 그는 붓을 내려놓지 않았다. 상황이 불리해져도, 동지가 떠나도, 몸이 무너져도 그는 자기 문장을 철회하지 않았다.

나는 지난 1980년대 초반부터 10년 동안 충북 청주의 충북대학교에서 국문과 교수로 일했다. 멀지 않은 청원군 낭성면 귀래리 산골에 단재 묘소가 있었다. 심신의 기력이 허약해질 때면 일부러 그곳을 찾아가 선생과의 영적 대화를 통해 힘을 얻었다. 그 힘으로 단재 관련 논문을 3편이나 발표했다. 그 논문 별쇄를 들고 가서 단재 선생 영전에 바쳤다. 안동에서 출생한 내 아들 응(鷹)이가 세 살 되던 해에 나는 녀석을 묘소로 데리고 가서 절을 드리도록 했다. 내 힘든 청주 생활을 지탱할 수 있도록 단재 선생은 힘과 용기를 주셨다. 제자 김현주 교수는 단재 소설 작품으로 단행본을 준비할 때, 나의 안내로 함께 묘소에 참배하고 격려를 받았다.

이 평전을 마치며 나는 한 가지를 더 분명히 알게 되었다.

우리가 신채호를 오늘 다시 읽는 이유는 그의 답을 따르기 위해서가 아니다. 그가 끝까지 피하지 않았던 질문의 무게를 다시 들어 보기 위해서다. 이 책이 누군가에게 어떤 확신을 주지 못한다고 해도 괜찮다. 다만 독자가 조

금 더 쉽게 침묵하지 않게 한다면, 조금 더 늦게 타협하게

한다면 그것만으로도 충분하다.

　단재 신채호는 풀려나지 않았지만 패배하지도 않았다.

그가 남긴 특유의 문장들은 지금도 누군가의 선택 앞에

조용히 서 있다. 이 책을 덮는 순간 그 문장들이 다시 당신

을 부르기를 바란다.

2026년 3월

이동순

1부

나라가 죽었다

뤼순 감옥의 신채호

나라가 죽었다

나는 1880년 12월 8일, 충청도 공주목 회덕군 산내면 도리산리에서 태어났다.

산과 들이 맞닿은 그 마을은 조용했고 고령 신씨 집성촌으로 이어진 혈연의 질서는 단단했다. 조선 말기의 농촌은 겉보기에는 평온했지만, 이미 나라의 기둥은 안에서부터 흔들리고 있었다. 훗날 내가 "나라가 무너지는 과정은 늘 조용히 시작된다."라고 말한 것은 이 고요한 유년의 기억과 무관하지 않다.

형 재호(在浩)는 일찍 요절했다. 집안에 남은 침묵은 컸고, 나는 그 빈자리를 메우듯 책 속으로 숨어들었다. 책은 놀이였고 도피처였으며 동시에 나를 단련하는 공간이었다. 활자를 따라가는 일은 단순한 독서가 아니었다. 나는 이미 글 속에서 세상과 대결하고 있었다.

어린 시절 집 앞 모과나무 아래는 나만의 사유(思惟)의 자리였다.

나는 자주 그곳에서 스스로 다짐하곤 했다.

'언젠가 내가 이 나라의 역사를 기록하고 지켜 내겠다.'

아동의 말로서는 지나치게 무거운 다짐이었다. 그러나 그 시절 역사는 이미 힘 있는 자들의 언어로 재편되고 있었고, 조선은 자기 자신을 설명할 말들을 잃어 가고 있었다. 나는 막연히 느꼈다. 역사를 빼앗기는 순간 나라는 두 번 죽는다는 사실을.

어린 나이에『자치통감(資治通鑑)』을 끝까지 읽은 경험은 내 사고의 방향을 결정지었다. 이 책에서 나는 왕조의 흥망보다 더 중요한 것을 배웠다. 역사는 제도가 아니라 선택의 연속이라는 사실이었다. 한 사람의 결단이 한 시대를 바꾸고 한 번의 비겁이 수백 년의 굴종으로 이어지는 장면들을 보며, 나는 스스로 질문하기 시작했다.

'왜 이 사람은 이 순간에 이렇게 행동했는가?'

'다른 선택은 가능하지 않았는가?'

이 질문은 곧 나 자신에게로 향했다. 역사는 남의 이야기가 아니라, 지금 여기서 나에게 요구되는 태도라는 인식이 싹트기 시작한 것이다.

훗날 나는 이런 대목을 쓰게 되었다.

"역사는 아(我)와 비아(非我)의 투쟁이다."

이 문장은 단순한 정의가 아니었다. 여기서 '아'는 단지 개인이 아니라 민족이었고 주체였으며 책임이었다. '비아'는 외세만을 의미하지 않았다. 그것은 침묵, 타협, 자기기만까지 포함하는 넓은 개념이었다. 어린 시절의 독서와 질문들은 결국 위의 문장으로 수렴되었다. 역사는 중립을 허용하지 않는다는 인식, 그리고 기록하는 자 또한 선택에서 자유로울 수 없다는 깨달음이었다.

1897년 학부대신 신기선(申箕善, 1851~1909년)을 만난 일은 내 삶의 방향을 바꾼 결정적 계기였다. 그는 내 글에서 어떤 가능성을 보았고, 나는 그를 통해 세상으로 나아갈 문을 얻었다. 이듬해 그의 추천으로 성균관에 입학했을 때, 나는 단순히 출세의 길에 오른 것이 아니었다. 붓을 든 선비로서 시대의 책임을 부여받았다는 자각이 분명했다.

성균관에서 이남규(李南珪) 교수에게 배우며 나는 글의 격(格)과 판단의 무게를 배웠다. 글은 감정의 분출이 아니라 논리와 책임의 산물이어야 했다. 김연성(金演性), 변영만(卞榮晩), 이장식(李章植), 유인식(柳寅植) 등과의 교류는 나에게 분명한 기준을 세워 주었다. 이 시대의 선비에게 요구되는 것은 학문 그 자체가 아니라 학문을 사용하는 태도라는 사실이었다.

나는 끊임없이 스스로 물었다.

'지금 배우는 이 지식은 누구를 위해 쓰일 것인가?'

'나라가 무너지는데, 선비의 침묵은 과연 중립일 수 있는가?'

1905년, 성균관 박사가 된 그해에 을사늑약(乙巳勒約)이 체결되었다.

한 개인의 학문적 성취가 완성되던 순간, 조선의 주권

은 문서 한 장으로 유린당했다. 나라가 팔리는 장면을 지켜보며 나는 분명히 깨달았다. 총을 들 수 없는 선비에게 남은 마지막 수단은 글뿐이라는 사실을.

나는 이렇게 적었다.

"나라를 사랑하는 길은 그 나라의 역사를 바로 세우는 데 있다."

이 말은 감정의 표명이 아니었다. 충성과 복종으로 포장된 애국이 아니라, 기록하고 판단하며 진실을 남기는 일이야말로 가장 위험하고도 가장 필요한 애국이라는 선언이었다. 그래서 나는 글을 선택했다. 아니, 글밖에 선택할 수 없었다.

〈황성신문〉과 〈대한매일신보〉에서 주필로 활동하는 나는 더 이상 관찰자가 아니었다. 전선에 선 병사라는 자각으로 글을 썼다. 일진회의 횡포를 고발하고 친일의 언어를 해체하며 활자를 통해 싸웠다. 글은 나의 칼이었고, 동시에 나를 노출시키는 위험한 무기였다.

사람들은 말하곤 했다.

"글로 무엇을 바꿀 수 있겠는가?"

그러나 나는 알고 있었다. 붓은 칼보다 느리지만 한 번 쓰이면 오래 남는다는 사실을. 총은 사람을 쓰러뜨릴 수 있지만, 글은 생각을 바꾸고 역사의 방향을 바꾼다. 나는 당장의 승리가 아니라 끝내 지워지지 않을 기록을 선택했다.

나는 역사 연구에 머무르지 않았다. 역사는 나에게 질문을 던졌고, 나는 그 질문을 다시 나 자신에게 돌려주었다.

'너는 과연 붓으로 조선의 운명을 지켜낼 수 있는가?'

이 질문 앞에서 나는 수없이 흔들렸지만, 단 한 번도 붓을 내려놓겠다는 선택을 하지 않았다. 역사는 기록과 행동의 결합이며, 기록자가 행동을 포기하는 순간 역사는 적의 손에 넘어간다. 그래서 결심했다. 붓을 내려놓는 순간 나는 민족의 증인으로서 실패할 것이라고.

나의 첫 무기는 글이었다. 나는 글 속에서 싸웠고, 글 속에서 나 자신을 단련했다. 이 길이 쉽지 않다는 것을 일면서도 다른 길을 선택할 수 없었다.

붓을 든 선비로서 세상과 맞서는 것. 그것이 내가 선택한 삶이었고 나의 사명이었다. 그리고 다짐했다. 다가올 더 큰 시련 앞에서도 붓을 놓지 않으리라고. 붓은 내 검이며 글은 내 칼이다.

나는 글로 싸우는 선비, 신채호다.

그러나 처음부터 이러한 이름으로 불린 것은 아니었다. 누구나 그렇듯 나는 한 집안의 자식으로 먼저 불렸고, 스승의 문하에서 하나의 제자로 불렸으며, 나중에는 시대의 소음 속에서 '어떤 사람'으로 불렸다. 이름이란 사후에 굳는 법이다. 살아 있는 동안 나는 늘 흔들렸고, 흔들리는 가운데 이를 붙잡는 말이 필요해졌다. 그 말이 마침내 내 이름이 되었다.

내가 자라던 시절의 조선은 겉으로는 나라였으나 속으로는 이미 나라가 아니었다. 벼슬이 있었고 의복이 있었고 의례가 있었으나, 그 중심에 있어야 할 뜻이 약해져 있었다. 나라의 기둥은 제도가 아닌 마음이다. 마음이 무너지면 제도는 남아도 나라가 아니라 껍질이다. 사람들은 그 껍질을 붙들고 살았다. 그 껍질이 흔들릴 때마다 더 공손해졌고, 더 조용해졌고, 더 '그럴 수밖에 없다.'라는 말에 익숙해졌다.

내가 두려워한 것은 침략의 칼끝만이 아니었다. 침략은 눈에 보이지만, 체념은 눈에 보이지 않는다. 체념은 사람의 혀끝에 먼저 앉는다. '어쩔 수 없다.' 그 말이 입안에서 굴러가는 순간 이미 반은 졌다. 나는 그 말을 싫어했다. 싫어했기 때문에 더 많은 책을 읽었고 더 많은 역사를 들여다보았으며 더 많은 질문을 품었다. 질문은 나를 편하게 하지 않았다. 질문은 잠을 이루지 못하도록 했다. 그러나 잠을 자는 대신 깨어 있는 것이 어쩐지 더 옳은 일처럼 느껴졌다.

나는 글을 배웠다. 처음에는 글이 세상을 열어 줄 것이라 믿었다. 글을 알면 길이 보이고, 길이 보이면 나라가 보일 것이라 믿었다. 그러나 글을 알수록 이상한 일이 일어났다. 세상이 열리는 대신 더 복잡해졌고, 나라가 보이는 대신 더 흐릿해졌다. 글은 빛이기도 했지만, 빛이란 어둠을 더 선명하게 만드는 법이었다.

내가 만난 역사책 대부분은 왕조의 얼굴을 하고 있었다. 왕이 바뀌고 제도가 바뀌고 전쟁이 일어났다가 끝나는 일들은 정교하게 적혀 있었지만, 그 사이에서 살아가는 사람들의 삶은 희미했다. 마치 나라가 몇 사람의 이름으로만 움직였다고 하는 것 같았다. 나는 그 대목에서 자주 멈추었다.

나라를 이루는 것이 몇 사람뿐이라면, 그 나라의 무게는 너무 가볍다.

나라를 이루는 것이 백성이라면, 그 백성은 어디에 있는가.

나는 여백을 보았다. 책장 가장자리의 여백이 아니라 기록이 비껴간 자리의 여백을 보았다. 잊힌 것들은 여백으로 밀려난다. 기록되지 않은 것들은 존재하지 않았던 것처럼 취급된다. 그러나 존재하지 않았던 것이 아니라, 기록하는 자의 눈 밖에 있었을 뿐이다. 나는 그 눈 밖의 것들이 결국 나라의 실체라고 생각했다. 그리고 그 실체가 사라져 가고 있다는 사실이 내 목을 죄었다.

글을 배우며 얻은 가장 큰 수확은 '문장'이 아니라 '의심'

이었다. 의심은 버릇이 되었다. 왜 이렇게 적었는가? 왜 이렇게 말하는가? 왜 이것은 크고 저것은 작은가? 의심은 나를 고독하게 만들었으나, 그 고독이야말로 나를 사람들 속의 침묵에서 꺼내 주었다. 침묵 속에서는 아무것도 바뀌지 않는다. 의심 속에서는 적어도 내 안의 질서가 한 번 무너진다. 무너진 자리에서 새 질서가 태어난다.

조선은 아팠다. 그러나 그 아픔은 처음엔 열이나 상처로 드러나지 않았다. 그것은 말의 습관으로 드러났다. 말을 듣다 보면 그 나라의 맥박이 들린다. '괜찮다.', '아니다.', '그럴 수밖에.', '위에서 시키는 대로.' 나는 사람들이 이런 말을 하는 것을 자주 보았다. 그 말들은 너무 빨리 입에서 나왔고, 너무 쉽게 마음에 들어앉았다. 사람들은 스스로 설득하는 데 익숙했다. 설득의 끝은 언제나 체념이었다. 체념은 자신을 지혜롭게 낮추는 기술이다. 자꾸 낮추다 보면 모서리가 둥글어지고, 둥글어지다 보면 어느새 굴러가게 된다. 굴러가는 것은 편해 보이나, 굴러가다 보면 멈출 자리를 잃는다. 나는 조선이 멈출 자리를 잃어 가고 있다고 느꼈다. 멈추지 못하는 나라는 결국 남이 멈추게 만든다. 멈추게 만드는 손은 폭력이다.

폭력은 늘 '필요'라는 말을 두른다. '질서를 위해.', '평화를 위해.', '큰 나라와의 관계를 위해.', 그럴듯한 말들이 폭력을 정당화한다. 그래서 나는 더더욱 말에 집착했다. 말이 나라를 살리기도 하고 죽이기도 한다. 죽는 날에는 총칼이 아니라 문서가 온다. 문서에는 피가 묻지 않는다. 그래서 더 잔혹하다. 사람들은 피 없는 잔혹함을 실감하지 못한다. 실감하지 못하는 동안 나라가 죽는다.

그러한 가능성은 상상만 해도 견딜 수 없었다. 그래서 기록을 다시 보려 했다. 단지 과거를 알기 위해서가 아니라, 앞으로 닥칠 죽음을 미리 알아채기 위해서였다. 역사는 지나간 것이 아니라 반복되는 것이다. 반복되는 것을 끊으려면 먼저 그것이 어떻게 반복되는지 알아야 한다.

그때부터 나에게 글은 취미가 아니었다. 글은 장식이 아니었다. 글은 숨이었다. 숨이 막힐 때 사람은 본능적으로 공기를 찾는다. 나라가 막혀 갈 때 나는 공기를 찾듯 문장을 찾았다. 문장을 찾는 일이 나를 살리고 동시에 나를 위험하게 만든다는 것도 어렴풋이 알고 있었다. 나라의 병은 말에서 시작된다.

질문은 한 번 생기면 사람을 놓아주지 않는다. 나는 이미 질문 속에 들어와 있었고, 질문은 나를 학교에만 머물게 두지 않았다. 책을 읽는 일은 점점 줄어들었다. 책 속의 문장은 정제되어 있었지만, 거리의 말은 거칠었고, 그 거침 속에 더 많은 진실이 숨어 있는 듯해 보였다. 나는 책에서 고개를 들기 시작했다. 세상을 보지 않고서는 책도 온전히 읽을 수 없다는 생각이 들었기 때문이다.

거리에는 여러 종류의 침묵이 있었다. 아무것도 몰라서 침묵하는 사람들, 알고 있지만 말하지 않는 사람들, 말해도 소용없다는 것을 배운 사람들. 나는 그러한 침묵들을 구분하려 애썼다. 모든 침묵이 같은 무게가 있는 것은 아니었다. 가장 무거운 침묵은 이미 마음속에서 말을 지워버린 침묵이었다.

그 무렵 나는 자주 혼란스러웠다. 스스로 옳은 길로 가고 있는지 확신할 수 없었다. 나라를 생각한다고 말하면서도, 정작 하는 일은 책상 앞에서 글자를 세는 일이었기 때문이다. 글이 세상을 바꿀 수 있다는 믿음은 아직 내 안에서 단단히 굳지 않았다. 때로는 스스로 묻곤 했다.

'이렇게 쓰는 것이 무슨 소용이 있는가?'

이 질문은 나를 작게 만들었고, 동시에 더 깊이 파고 들어가도록 했다. 그러면서 점차 깨닫게 되었다. 질문이 나를 괴롭히는 것이 아니라, 질문을 피하려 했던 태도가 나를 더 괴롭히고 있었다는 것을. 질문은 적이 아니었다. 질문은 나를 움직이게 하는 힘이었다. 움직이지 않는 사람은 안전해 보이지만, 이미 죽어 있는 경우가 많다. 나는 위험해지더라도 살아 있는 쪽을 택하고 싶었다.

학문은 본래 고요하다. 그러나 시대는 고요하지 않다. 나는 그 둘 사이에서 자주 갈라졌다. 학문은 나에게 체계를 요구했고, 시대는 나에게 태도를 요구했다. 체계만으로는 시대를 감당할 수 없었고, 태도만으로는 사유를 지킬 수 없었다. 나는 그 틈새에서 오래 머물렀다.

기존의 사학은 정교했다. 연대는 정확했고 인물은 분명했으며 사건의 배열은 질서정연했다. 그러나 그 질서 속에는 한 가지 빠진 것이 있었다. '왜'라는 질문이었다.

왜 그런 선택이 이루어졌는지, 왜 그 싸움은 패배로 끝났는지, 왜 백성은 늘 결과 속에만 등장하는지. '왜'를 묻지 않는 역사는 편리했으나 정직하지 않았다.

나는 불편한 쪽을 택했다. 불편함은 사고를 요구했고, 사고는 기존의 틀을 흔들었다. 흔들리는 동안 나는 종종 고립되었다. 그러나 고립은 반드시 불행만을 의미하지는 않는다. 혼자가 되면 적어도 자기 안의 목소리는 또렷해진다. 나는 그 목소리를 따라가 보기로 했다.

그 목소리는 나에게 말하고 있었다. 나라의 역사는 왕의 것이 아니라 민중의 것이다. 민중이 빠진 역사는 나라의 역사가 아니다. 이 생각은 단순했으나, 그 단순함이 기존 질서를 뒤흔들고 있다는 사실을 곧 알게 되었다. 나는 점점 말에 민감해졌다. 사람들이 어떤 단어를 쓰는지, 어떤 표현을 피하는지, 무엇을 크게 말하며 무엇을 작게 말하는지. 말은 생각의 겉모습이다. 겉모습을 오래 보면 속의 형태가 드러난다.

2부

글은 무기가 되었다

뤼순 감옥의 신채호

글은 무기가 되었다

나라가 죽는 날은 늘 조용하다. 총성이 울리지 않고 피가 흐르지 않는다. 사람들은 일상을 산다. 가게는 문을 열고 아이들은 길을 건너며 관청의 시계는 평소처럼 시간을 알린다. 그러나 그러한 고요 속에서 나라가 서서히 숨을 멈춘다. 죽음은 언제나 가장 평온한 얼굴을 하고 찾아온다. 을사늑약은 그렇게 다가왔다.

조약(條約)이라는 말은 지나치게 공손했고, 늑약(勒約)이라는 말조차 분노가 늦은 느낌을 주었다. 한 장의 문서가 놓였고, 그 문서에는 분명 조선의 이름이 적혀 있었다. 그러나 그 이름 옆에는 조선의 의지가 없었다. 도장은 찍

혔으나 손은 자유롭지 않았고, 서명은 남았으나 선택은 사라졌다.

　나는 그 문서를 오래 바라보았다. 읽을수록 문장은 문장이 아니었다. 논리의 형태를 하고 있었으나 설득의 힘은 없었다. 그것은 합의가 아니라 강요였고, 협상이 아니라 항복이었다. 문서에는 피가 묻어 있지 않았지만, 그 침묵의 표면 아래에는 이미 수많은 패배가 겹겹이 쌓여 있었다.

　그날 나는 알았다. 나라는 반드시 전쟁으로만 무너지지는 않는다는 것을. 말이 먼저 무너지고 기록이 먼저 굴복하며 그다음에야 땅과 사람이 무너진다는 것을. 문서는 칼보다 느리지만, 한 번 베이면 되돌릴 수 없다. 칼의 상처는 아물 수 있어도, 문서의 상처는 제도가 되어 남는다.

　문서가 발표된 뒤 사람들은 곧 침묵을 배웠다. 분노는 잠시였고 체념은 빨랐다. '어쩔 수 없다.'라는 말이 다시 고개를 들었다. 그 말은 늘 그렇듯 상황을 설명하는 말처럼 들렸으나, 사실은 스스로 보호하는 말이었다. 보호는 되었지만, 존엄은 사라졌다.

지식인들의 침묵은 더 무거웠다. 그들은 상황을 이해하고 있었고, 결과를 이미 예측하고 있었으며, 말의 무게도 알고 있었다. 그래서 더 쉽게 침묵을 택했다. 침묵은 일단 위험하지 않아 보였고 최소한의 안전을 보장하는 것처럼 여겨졌다. 그러나 그 침묵이 쌓여 하나의 풍경이 될 때, 나라는 이미 말을 잃은 상태가 된다. 나는 그 침묵이 훈련처럼 반복되는 것을 보았다.

처음에는 말을 줄이고, 다음에는 말을 고르고, 마지막에는 아예 말을 지운다. 이렇게 사람들은 스스로 검열하는 법을 배운다. 검열이 습관이 되면 외부의 억압은 더 이상 필요하지 않다. 사람들은 이미 자기 안에 감시자를 들여놓았기 때문이다.

그때 나는 확신했다. 침묵은 중립이 아니라는 것을. 침묵은 언제나 강한 쪽의 편이라는 것을. 말하지 않음으로써 사람들은 살아남을 수 있었지만, 그 살아남음은 점점 삶과 닮지 않게 변해 갔다.

말이 위험해지자 글은 더 위험해졌다. 말은 사라질 수 있지만 글은 남는다. 남는다는 사실이 권력에는 가장 큰 위협이었다. 그래서 글은 관리되었고 제한되었으며 마침내 금지의 대상이 되었다. 무엇을 쓰느냐보다 무엇을 쓰지 말아야 하는지가 더 중요해졌다.

나는 그 시기를 지나며 글의 성질이 바뀌는 것을 느꼈다. 이전의 글이 사유의 결과였다면, 이후의 글은 선택의 결과였다. 쓸 것인가, 쓰지 않을 것인가. 쓰면 어떤 대가를 치를 것인가. 글은 더 이상 순수한 사유의 산물이 아니었다. 그것은 결단의 흔적이 되었다.

결단에는 늘 비용이 따른다. 나는 그 비용을 계산했다. 잃게 될 자리, 잃게 될 평온, 잃게 될 관계들. 그러나 계산 끝에 남는 것은 늘 하나였다. 쓰지 않을 경우 잃게 될 것, 바로 나 자신이었다. 자기 자신을 잃는 비용은 어떤 대가보다도 컸다.

그래서 나는 쓰기로 했다.

금지된 시대에는 글이 가장 정확한 저항이 된다. 총을 들 수 없는 손에 남는 마지막 선택이 글이다. 글은 느리게 파고든다. 한 문장은 한 사람에게 닿고, 그 사람은 다시 다른 사람에게 건넨다. 그렇게 글은 눈에 띄지 않는 경로로 이동한다.

글은 결국 나를 길 위에 세웠다. 그 길이 처음부터 감옥으로 향해 있었던 것은 아니다. 다만 돌아갈 수 있는 갈래가 하나씩 사라지다 보니 남은 길이 그쪽뿐이었다. 글을 쓰는 일은 점점 더 많은 사람의 눈에 띄었고, 눈에 띈다는 것은 곧 표적이 된다는 뜻이었다.

불려 가는 일은 예고 없이 이루어졌다. 설명은 짧았고 이유는 충분하지 않았다. 충분하지 않은 이유는 늘 충분한 힘을 동반한다. 나는 그 사실을 이미 알고 있었기에 놀라기보다는 담담해지려 애썼다. 이는 용기가 있었기 때문이 아니라, 이미 마음속에서 여러 번 경험한 장면이었기 때문이다.

감옥으로 향하는 길은 이상하게도 조용했다. 분노도 두려움도 일어나지 않았다. 대신 질문 하나가 반복되었다. '여기까지 오는 대신 과연 다른 선택을 할 수 있었을까?' 곧 스스로 답을 찾았다. 선택지는 늘 있었으나 감당할 마음이 있는지는 다른 문제였다. 나는 이미 그 마음을 선택한 뒤였다.

감옥은 좁았고 시간은 느리게 흘렀다. 그러나 느린 시간 속에서 나는 이전에 알지 못했던 종류의 자유를 경험했다. 움직일 수 없을 때 사람은 생각을 더 멀리 보낸다. 몸의 반경이 줄어들수록 사유의 반경은 오히려 넓어졌다.

감옥은 나를 침묵시키려 했으나 완전히 성공하지는 못했다. 말은 줄었지만, 생각은 늘어났다. 종이 한 장, 연필 한 자루의 가치는 그때 가장 선명해졌다. 기록할 수 있다는 사실은 살아 있다는 증거였고, 생각이 아직 내 것이라는 확인이었다.

나는 이곳에서 개인과 나라를 다시 나누어 보았다. 나 하나를 가둔다고 해서 나라의 문제가 사라지는 것은 아니었다. 오히려 그 문제는 더 분명해졌다. 개인을 쉽게 가둘 수 있는 나라는 이미 개인 위에 군림하는 방식을 선택한 나라였다. 그런 나라는 결국 자기 백성을 두려워하게 된다.

감옥의 글은 다르다. 장식할 이유가 없고 꾸밀 필요도 없다. 감옥에서 쓰는 문장은 대부분 생존의 문장이다. 살아남기 위해 쓰고, 잊히지 않기 위해 쓴다. 그래서 문장은 자연히 짧아지고 의미는 더 응축된다. 내 글은 점점 분명해졌다. 무엇을 써야 하는지보다 무엇을 버려야 하는지가 더 중요해졌다. 모호한 표현, 양쪽을 모두 배려하는 말, 빠져나갈 구멍을 남겨 두는 문장들을 하나씩 지워 나갔다. 감옥은 나에게 검열을 가르치지 않았다. 대신 단호함을 가르쳤다.

그 단호함은 나를 더 위험하게 만들었지만, 동시에 더 자유롭게 만들었다. 자유는 허락이 아니라 선택이라는 사실을 이 벽 안에서 배웠다. 허락을 기다리는 자유는 결코 오지 않는다. 스스로 선택한 자유만이 남는다.

감옥을 나선 뒤에도 길은 넓어지지 않았다. 벽 밖의 세상은 자유로워 보였으나, 보이지 않는 경계가 더 촘촘히 깔려 있었다. 감시와 경고는 형태만 달라졌을 뿐, 사라지지 않았다. 나는 점점 알게 되었다. 이 땅에서 내가 쓸 수 있는 말의 반경이 빠르게 줄어들고 있다는 사실을.

망명은 도피처럼 보일 수 있다. 그러나 그것은 단순한 회피가 아니었다. 말이 완전히 막히기 전에 숨 쉴 수 있는 공간으로 옮기는 일이었다. 나라를 떠나는 선택은 비겁해 보일 수 있었으나, 나라를 생각하는 일을 멈추지 않기 위한 선택이기도 했다. 떠난다는 것은 버린다는 뜻이 아니라, 다른 방식으로 붙드는 일이었다.

나는 많은 것을 남겨 두고 떠났다.

사람들, 익숙한 거리, 말의 억양, 계절의 냄새. 그러나 하나만은 놓지 않았다. 조선이라는 이름, 민족이라는 질문, 그리고 글로 싸우겠다는 결심. 국경은 나를 막았지만, 사유까지 막지는 못했다. 국경을 넘자, 조선은 오히려 더 또렷해졌다.

멀어질수록 더 분명해지는 것이 있다. 가까이 있을 때는 일상에 묻혀 보이지 않던 것들이 거리를 두면서 선명한 윤곽을 드러냈다. 나는 그곳에서 조선을 하나의 제도가 아니라 하나의 역사적 생명으로 다시 생각하게 되었다.

망명지에서의 글쓰기는 더욱 고독했다. 독자는 보이지 않았고 반응은 더뎠다. 그러나 그 고독은 사유를 깊게 만들었다. 누구를 설득하기보다는 먼저 스스로 부끄럽지 않은 문장을 쓰는 일이 중요해졌다. 타협하지 않는 문장은 외롭지만, 오래 남는다. 나는 늘 확신 속에 있지는 않았다. 확신은 멀리서 보면 단단해 보이지만, 가까이 다가가서 보면 늘 금이 가 있다. 그 금은 실패에서 생기고 고독에서 넓어지며 반복되는 좌절 속에서 드러난다. 나는 그 균열을 숨기지 않으려 했다. 숨기는 순간 사상은 신념이 아니라 신앙이 되기 때문이다.

망명자의 시간은 느리게 흐른다. 하루는 길고 밤은 더 길다. 돌아갈 수 없다는 사실은 매일 같은 질문을 되돌려 주었다. 이 고독을 무엇으로 견딜 것인가. 나는 다시 책상 앞에 앉았다. 그러나 이제 글은 그날그날을 견디기 위한 도구가 아니었다. 망명지에서의 글쓰기는 돌아갈 수 없는 자가 선택할 수 있는 유일한 귀환 방식이었다. 몸은 돌아가지 못하지만, 기록은 돌아가야 했다.

나는 역사를 펼쳤다. 그러나 연표를 찾지 않았고 왕의 이름을 세지 않았다. 찾은 것은 패배한 뒤에도 물러서지 않았던 얼굴들이었다. 나라가 가장 위태로울 때 끝까지 자기 자리를 지켰던 인간의 태도였다. 그래서 지난날의 민족 영웅 이순신(李舜臣)을 불렀고 을지문덕(乙支文德)

을 다시 호출했다. 그들은 단순한 영웅이 아니었다. 승리의 상징이라기보다, 패배가 예정된 조건 속에서도 싸움을 포기하지 않았던 인간들이었다.

나는 지난 1908년에 썼던 『이순신전』을 떠올려 보았다. 당시 장군이 호령하던 바다에 골몰하지 않았다. 그 무엇보다도 책임을 생각했다. 물러설 수 없다는 사실을 알면서 물러서지 않았던 한 인간의 결기를. 이충무공은 명령을 수행한 장수가 아니라, 패배의 조건 속에서도 선택을 포기하지 않았던 한 사람의 얼굴이었다.

이것은 역시 같은 해 광학서포(廣學書舖)에서 발간되었던 『을지문덕』의 경우도 마찬가지다. 나는 장군의 전술을 설명하지 않았다. 가장 절실했던 부분은 판단의 순간을 발견하고 포착해야 한다는 점이었다. 나라가 기울 때 어디에 서야 하는지, 어떤 선택이 남는지를 그의 결정 속에서 묻고 싶었다. 전쟁은 이미 시작된 뒤가 아니라, 결단의 순간에서 먼저 승패가 갈린다는 사실을 기록하고 싶었다.

이 작업을 하면서 한계를 느꼈다. 영웅 한 사람의 이

야기만으로는 충분하지 않았다. 그래서 『조선사연구초(朝鮮史研究艸)』를 쓰기 시작했다. 이제는 개인이 아니라 민족 전체의 흐름을 정면으로 바라볼 시간이 되었기 때문이다.

이때 확신하게 되었다. 역사는 과거의 기록이 아니라, 현재를 겨누는 질문이라는 사실을. 누가 이겼는가가 아니라, 누가 끝까지 버텼는가를 묻는 일이라는 사실을. 그래서 '객관'이라는 말 뒤에 숨지 않았다. '중립'이라는 가면도 쓰지 않았다. 역사는 중립적일 수 없다고, 그렇게 믿었다. 기록은 언제나 선택이며 선택은 이미 하나의 투쟁이기 때문이다.

나는 조선을 패배의 역사로 쓰고 싶지 않았다. 굴욕의 연속으로 정리하고 싶지도 않았다. 비록 졌을지라도 싸우지 않은 민족은 아니었다는 사실을 문장으로 증언하고 싶었다.

글을 쓰는 동안 자주 멈췄다. 이 문장이 과연 지금의 조선을 향해 서 있는가, 아니면 안전한 과거 속으로 도망치고 있는가를 자주 자문(自問)했다. 역사는 설명이 아니라 태도여야 했다. 읽는 자를 안심시키는 글이 아니라, 불편하게 만드는 글이어야 했다. 그래야만 다음 싸움이 가능하다고 믿었다.

이 시기부터 내 글은 점점 현재를 겨냥하기 시작했다. 과거를 쓰고 있었지만, 문장은 늘 현재의 조선을 향하고 있었다. 역사를 썼으나, 사실은 투쟁의 방법론을 쓰고 있었다. 칼 대신 문장을 들고 전장 대신 책상 앞에 앉았을 뿐, 싸움은 끝나지 않았다. 그때부터 확신했다. 역사는 단순한 기록이 아니라 행동의 흔적이며, 이 흔적은 다음 선택을 반드시 요구한다는 것을.

망명지에서의 시간은 나를 자주 흔들었다. 말은 날아가지 않았고 글은 더디게 움직였다. 어떤 문장은 닿지 않았고 어떤 외침은 메아리조차 없었다. 나는 그 침묵 앞에서 스스로 물었다. 과연 이 방식이 옳은가. 지금 쓰는 문장이 정말로 누군가의 선택에 닿고 있는가. 흔들림은 나를 약하게 만들었지만, 동시에 더 정직하게 만들었다.

확신을 유지하기 위해 사실을 구부리는 대신, 사실을 그대로 두고 확신을 다시 세우는 쪽을 택했다. 사상은 시험을 통과해야만 남는다. 시험을 거부한 사상은 오래 버티지 못한다.

나는 혼자가 아니었다. 그러나 언제나 함께였던 것도 아니었다. 동지는 늘 같은 방향을 보지 않는다. 같은 질문을 품되 다른 답에 도달하기도 한다. 나는 그 차이를 배신으로 부르지 않으려 애썼다. 다만 선택의 결과로 받아들이려 했다.

어떤 동지는 타협을 택했고, 어떤 동지는 침묵을 택했으며, 어떤 동지는 더 급진적인 길로 갔다. 그 얼굴들을 떠올릴 때마다 나는 판단을 유예했다. 판단은 쉬웠으나 이해는 어려웠기 때문이다. 그러나 한 가지는 분명했다. 목적이 같아도 방식이 달라질 수는 있지만, 방향이 흐려지는 순간 더 이상 동지가 아니었다. 나는 그 경계를 분명히 하려 했다. 경계를 흐리는 연대는 위기의 순간에 가장 먼저 무너지는 것을 이미 여러 번 보았기 때문이다.

사상에는 대가가 따른다. 그 대가는 종종 고독의 형태로 나타난다. 모두가 손뼉 치는 자리에서 혼자 침묵해야 할 때, 그 고독은 특히 깊어진다. 나는 그 고독을 피하지 않았다. 피하는 순간 사상은 인기의 방향으로 기울어진다. 고독은 나를 느리게 만들었다. 그러나 그 덕분에 생각의 바닥을 더 오래 들여다볼 수 있었다. 빠른 결론은 안도감을 주지만, 느린 결론만이 방향을 바꾼다. 나는 방향을 바꾸는 글을 쓰고 싶었다.

이 고독이 언제 끝날지는 알 수 없었다. 다만 분명한 것은 하나였다. 고독을 감당하지 못하는 사상은 결국 타인의 박수에 기대게 된다는 사실이다. 나는 박수보다 질문을 택했다. 질문은 외롭지만, 사상을 배반하지 않는다.

패배를 인정하는 일은 생각보다 어렵다. 사람은 실패보다 의미 없는 성공에 더 쉽게 속는다. 작은 성취를 크게 포장하고, 방향이 어긋난 결과를 노력의 증거로 삼는다. 나는 그런 위로를 경계했다. 위로는 잠시 숨을 돌리게 하지만, 방향을 바로잡아 주지는 않는다. 나는 패배를 숫자로 세지 않았다. 전술의 실패, 조직의 해체, 계획의 좌절보다 더 중요한 것은 사유의 패배였다. 질문을 멈추는 순간, 그때가 진짜 패배라고 믿었다. 그래서 나는 패배 앞에서 질문을 더 늘렸다. 왜 이 선택은 실패했는가? 어디에서 현실을 오독했는가? 무엇을 과대평가했는가?

패배를 기록한다는 것은 변명하지 않겠다는 뜻이다. 변명은 원인을 외부로 밀어내고, 기록은 책임을 내부로 끌어온다. 나는 기록을 택했다. 책임을 안으로 끌어와야만 다음 선택이 달라질 수 있기 때문이다. 사상은 완성품이 아니다. 완성되었다고 믿는 순간 사상은 교리가 된다. 교리는 질문을 금지하고, 금지는 사유를 멈춘다. 나는 사상을 보호하기 위해서라도 사상을 흔들어야 한다고 생각했다. 그래서 내가 쓴 문장들을 다시 읽었다.

과감했던 선언들, 단호했던 규정들, 날카로웠던 문장들. 그중 일부는 여전히 유효했고, 일부는 현실을 충분히 감당하지 못하고 있었다. 나는 그것들을 지우고 고쳤으며 다시 썼다. 이는 후퇴가 아니라 재정비였다. 수정은 약함의 증거가 아니다. 오히려 현실을 계속 읽고 있다는 증거다. 현실을 읽지 않는 사상은 빠르게 박제된다. 나는 박제를 거부했다. 살아 있는 사상은 늘 형태를 바꾸며 살아남는다.

나는 속도를 내려놓았다. 빨리 가는 것이 옳다고 믿던

시기가 있었다. 그러나 빠른 변화는 빠른 반작용을 부른다. 지속되지 않는 전진은 결국 제자리로 돌아온다. 나는 지속을 택하면서 방향만은 놓지 않았다. 속도는 조절할 수 있지만, 방향을 잃으면 모든 조절은 무의미해진다. 그래서 방향을 문장 속에 더 깊이 박아 넣으려 했다. 한 문장이 오래 남으면, 그 문장은 시간을 건넌다.

그 시기 이후 내 글은 덜 요란해졌다. 그러나 더 멀리 가기를 바랐다. 오늘의 환호보다 내일의 판단에 닿기를 바랐다. 판단에 닿는 글은 대개 늦게 읽히지만, 한 번 읽히면 오래 남는다. 나는 다시 처음의 질문으로 돌아왔다.

우리는 누구인가?

무엇을 함께 기억하는가?

어떤 선택을 반복해 왔는가?

이러한 질문들은 오래되었으나 낡지는 않았다. 질문이 낡게 되는 것은 답을 외워 버렸을 때뿐이다. 처음의 질문으로 돌아간다는 것은 출발점으로 돌아간다는 뜻이 아니라 기준을 다시 세운다는 뜻이다. 나는 기준을 낮추지 않았다. 다만 기준에 이르는 길이 여러 개일 수 있다는 사실을 인정했다.

균열은 사상을 부수지 않았다. 오히려 사상을 시험했고 살아남은 부분을 더 단단하게 만들었다. 그 시험을 통과한 문장들만 남겼다. 남은 문장들은 적었지만, 방향은 분명했다. 나는 점점 확신하게 되었다. 역사는 과거의 기록이 아니라 현재를 겨누는 무기라는 걸. 잘못 기록된 과거는 현재를 속이고, 왜곡된 현재는 미래를 훔친다. 그래서 역사를 바로 세우는 일은 단순한 학문 작업이 아니라 시대에 대한 책임이었다.

총은 빼앗길 수 있고 땅은 점령될 수 있다. 그러나 글은 완전히 빼앗기기 어렵다. 글은 손에서 손으로, 마음에서 마음으로 옮겨 다닌다. 불태울 수는 있어도 모두 태울 수는 없다. 그래서 권력은 늘 글을 두려워했고, 두려워했기에 금지하려 했다.

나는 글의 한계를 잘 알고 있었다. 글이 즉각적으로 세상을 바꾸지는 않는다. 그러나 글은 사람의 생각을 바꾸고, 생각이 바뀌면 결국 세상도 변한다. 이 느린 경로를 믿지 못하는 사람은 늘 빠른 폭력에 기대지만, 빠른 폭력은 빠르게 소모된다.

나라가 죽는 날, 글은 가장 늦게 살아남는 증인이 된다. 그 증언이 완전하지 않을 수는 있으나 침묵보다는 낫다. 침묵은 아무것도 남기지 않기 때문이다. 그래서 나는 끝내 글을 택했다. 이러한 선택은 나를 편하게 하지 않았고, 안전하게도 만들지 않았다. 그러나 다음의 다짐만은 분명했다. 나라가 사라지는 순간에도 나라를 생각한 흔적만은 남기겠다는 다짐이었다.

글은 무기였다. 누군가를 쓰러뜨리기 위한 무기가 아니라 잊히지 않기 위해 드는 마지막 무기였다. 나라가 죽는 날, 나는 그 무기를 내려놓지 않았다.

3부

나는 적(敵)을 보았다

뤼순 감옥의 신채호

나는 적(敵)을 보았다

소년 시절, 나를 가장 먼저 눈여겨본 이는 학부대신 신기선이다. 성균관의 문은 혼자 힘으로 열 수 있는 것이 아니었고, 그 문 앞에서 신기선은 말없이 길을 비켜 주었다. 그러나 을사늑약 이후 그는 더 이상 믿고 의지할 수 있는 스승이 아니었다.

나는 한때 나를 이끌어 주었던 그 이름을 '일본의 세 충노(忠奴)' 가운데 하나로 불러야 했다. 그때 문장을 쓰던 손이 잠시 멈칫했을지도 모른다. 그러나 나는 알았다. 이 혁명에는 사적인 은혜를 남겨 둘 자리가 없다는 것을. 글은 그렇게 스승과 제자를 동시에 베어 냈다.

싸움에는 여러 가지 얼굴이 있다. 어떤 싸움은 소리를 내고 어떤 싸움은 흔적을 남긴다. 나는 총의 싸움이 아니라 흔적의 싸움을 택했다. 총은 지금의 힘을 보여 주지만, 역사는 오래 남아 방향을 바꾼다. 그 차이를 나는 너무 늦기 전에 알고 싶었다.

무기를 드는 사람은 적을 상정한다. 역사를 쓰는 사람은 미래를 상정한다. 나는 적을 쓰러뜨리는 일보다 미래가 속지 않게 하는 일을 더 중요하게 여겼다. 총은 전장을 바꾸지만, 역사는 생각의 지형을 바꾼다. 지형이 바뀌면 같은 싸움도 다른 결과를 낳는다.

그래서 나는 기록의 방향을 바꾸려 했다. 왕의 연대에서 민족의 시간으로, 승자의 언어에서 살아남은 자의 언어로. 이러한 전환은 단순한 관점의 변화가 아니었다. 그것은 싸움의 방식을 바꾸는 일이었다.

민족은 자연스럽게 주어지지 않는다. 그것은 질문을 통해 형성된다. 우리는 누구인가? 어디서 왔는가? 무엇을 함께 기억하는가? 이 질문에 답하지 않는 공동체는 오래 버티지 못한다. 질문을 멈춘 순간 타인의 정의가 그 자리를 차지한다.

나는 민족을 혈통으로만 설명하지 않았다. 함께 살아온 기억, 공유된 상처, 반복된 선택들이 민족을 만든다고 보았다. 그래서 역사는 중요했다. 역사는 기억의 저장고이며 저장 방식에 따라 공동체의 성격이 달라진다.

식민의 역사는 늘 민족을 축소하려 했다. 작게 부르고 나누어 부르며 서로를 낯설게 부른다. 나는 그러한 분할에 저항했다. 하나의 거대한 신화를 만들기 위해서가 아니라, 흩어진 기억을 다시 이어 붙이기 위해서였다. 이어 붙인 기억만이 다음 선택을 가능하게 한다.

나는 점점 한 단어에 붙잡히기 시작했다. 민족. 이 말은 교과서 속에서 배운 개념이 아니었다. 학자들의 서가에서 태어난 말도 아니었다. 거리에서, 농부의 굳은 손에서, 이름 없이 죽어 간 이들의 무덤가에서 태어났다. 살아 있는 사람보다 이미 죽어 간 사람들에게서 더 또렷이 들려오는 말이었다.

사람들은 나라가 망해 간다고 말했다. 그러나 나는 다르게 보았다. 나라는 이미 무너지고 있었지만, 민족은 아직 살아 있었다. 아니, 살아 있기에 더 아파하고 있었다. 민족이란 혈통만을 말하는 것이 아니다. 언어와 기억, 억울함과 희망이 겹겹이 쌓여 만들어진 하나의 운명이다. 그것은 선택할 수 없는 것이며, 동시에 끝까지 책임져야 할 것이다.

그 무렵 나는 여러 가지 사상과 사람들을 만났다. 개화(開化)라는 이름으로 서양을 숭배하는 이들이 있었고, 실력을 기르자며 현실과 타협하는 이들도 있었다. 그들의 말에는 논리가 있었고 때로는 설득력도 있었다. 그러나 나는 그 말들 속에서 늘 한 가지 결핍을 느꼈다. 그 말은 민족을 주어로 삼지 않았다. 나라를 개혁하자는 말은 많았지만, 그 나라를 이루는 사람들에 대한 절박함은 부족했다. 백성은 늘 대상이었고 계획의 일부였으며 통계 속의 숫자였다.

나는 거기서 물러서지 않았다. 민족이 빠진 개혁은 허상이다. 민족이 빠진 근대는 식민의 다른 이름일 뿐이다. 아무리 번듯한 제도를 들여와도, 그 제도를 운영하는 혼이 타자의 것이면 그 나라는 남의 나라가 된다. 나는 그런

근대를 받아들일 수 없었다. 그래서 나는 역사를 다시 읽기 시작했다.

왕의 연대기가 아니라 민중의 발자국을 따라 읽었다. 전쟁의 승패가 아니라 전쟁 뒤에 남은 울음소리를 헤아렸다. 기록되지 않은 삶, 이름 없이 사라진 사람들, 그러나 나라를 떠받친 진짜 기둥들. 그들이 역사의 주인이라는 사실을 밝히는 일, 그것이 나의 사명이 되었다.

역사를 읽을수록 분노는 또렷해졌다. 우리는 약한 민족이 아니었다. 늘 싸워 왔고 늘 버텨 왔다. 다만 지배하는 자들이 민족을 배반했을 뿐이다. 나라가 무너진 것은 민족이 약해서가 아니라, 민족을 대표한다고 나선 자들이 민족을 팔았기 때문이다. 이 진실을 말하지 않으면 우리는 영원히 패배자의 역사 속에 갇히게 된다.

나는 글을 쓰기 시작했다. 더 이상 조심하지 않았다. 내 문장은 학자의 문장이기를 거부했다. 그것은 외침이 되었고 선언이 되었으며 고발이 되었다. 어떤 이는 나를 과격하다고 했고 어떤 이는 위험하다고 했다. 그러나 시대가 이미 과격했고 현실이 이미 위험했다. 내가 온건해질 이유는 없었다.

글은 빠르게 퍼져 나갔다. 그 글을 읽고 눈을 피하는 이들이 있었고, 고개를 끄덕이는 이들이 있었다. 그리고 조용히 이를 악무는 이들도 있었다. 나는 침묵 속에서 적과 동지를 동시에 보았다. 민족이라는 말은 사람을 갈라놓는 말이기도 했다. 그러나 갈라지지 않는 민족은 이미 죽은 민족이다.

나의 방향은 점점 분명해졌다. 내 싸움은 개인의 영달을 위한 것이 아니었다. 내가 쓰는 한 줄 한 줄은 나 자신의 퇴로를 끊는 행위였다. 돌아갈 자리를 없애야만 앞으로 갈 수 있었다. 그래서 나는 자신을 점점 더 좁은 길로 몰아 넣었다. 그 길 끝에는 감옥이 있을 수도, 망명이 있을 수도, 죽음이 있을 수도 있었다.

그러나 나는 알고 있었다. 민족이라는 이름으로 사는 삶은 편안하지 않다. 하지만 그 불편함 속에서만 사람은 사람으로 남는다. 나라를 잃은 시대에 민족을 말하는 일은 곧 죄가 되었고, 그 죄를 짊어지는 것이 나의 운명이 되었다. 이제 나는 돌아갈 수 없다. 내가 택한 것은 길이 아니라 태도였다. 역사를 민족의 것으로 되돌려 놓겠다는 태도, 그것 하나로 끝까지 가기로 했다.

나는 사학을 중립적인 학문으로 보지 않았다. 역사를 쓰는 순간 이미 입장이 정해진다. 무엇을 기록하고 무엇을 생략하는지에서 태도가 드러난다. 그래서 '객관'이라는 말 뒤에 숨는 것을 경계했다. 숨는 순간 역사는 다시 권력의 손으로 넘어간다.

태도는 문체에 나타난다. 애매모호한 문장은 책임을 피하려는 문장이고, 분명한 문장은 감당하려는 문장이다. 나는 문장을 고르며 늘 이 질문을 되풀이했다. '이 문장이 남을 때, 나는 책임질 수 있는가?' 책임질 수 없는 문장은 쓰지 않기로 했다. 이러한 태도는 나를 고독하게 만들었지만, 방향을 잃게 하지는 않았다. 학문은 때로 고립을 요구한다. 모두가 고개를 끄덕이는 길이 언제나 옳은 것은 아니기 때문이다. 나는 동의를 얻기보다 정직을 택했다.

모든 민족은 신화가 있다. 신화는 공동체를 묶는 힘이지만, 동시에 사실을 가릴 위험도 품고 있다. 나는 신화를 버리자고 말하지 않았다. 다만 신화가 사실을 삼켜 버릴 때 역사는 방향을 잃는다고 보았다. 신화는 불씨가 될 수 있으나, 그 불씨를 어떻게 다루느냐는 전혀 다른 문제다.

식민의 시대는 신화를 교묘히 이용했다. 우리를 작게 만드는 신화, 스스로 낮추게 하는 신화, 실패를 운명으로 돌리는 신화. 그런 이야기들은 달콤했고 책임을 덜어 주었다. 그러나 그 대가로 우리는 선택의 능력을 잃었다. 나는 그 신화들을 해체하고 싶었다. 부정하기 위해서가 아니라 다시 선택하기 위해서였다.

사실은 차갑다. 그러나 차가운 사실만이 다음 걸음을 결정하게 한다. 감정은 순간을 살지만, 사실은 시간을 산다. 나는 신화와 사실 사이에 다리를 놓으려 했다. 신화의 열기를 사실의 토대 위에 올려놓을 때 공동체는 감동과 판단을 함께 가질 수 있다.

과거는 지나간 것이 아니다. 과거는 늘 현재의 언어로 다시 말해진다. 누가 말하느냐에 따라 과거의 의미는 달라진다. 그래서 과거를 둘러싼 싸움은 현재의 싸움이 된다. 나는 그 사실을 외면하지 않았다. 왜곡된 과거는 현재를 왜곡한다.

패배가 필연처럼 설명되면 현재의 선택도 자연히 좁아진다. 나는 필연이라는 말을 경계했다. 역사에는 필연보다 선택이 많았다. 그 선택들이 모여 결과가 되었을 뿐이다. 선택을 지우는 서술은 책임을 지우는 서술이다. 그래서 나는 패배의 기록에서도 선택을 찾아냈다.

누가 무엇을 포기했고 누가 끝까지 지키려 했는지. 그 차이는 작아 보이지만, 다음 세대에게는 결정적인 기준이 된다. 과거는 교훈이 아니라 질문으로 남아야 한다. 질문이 남을 때 역사는 다시 움직이기 시작한다.

나는 역사를 과거에 묶어 두지 않았다. 기록은 늘 미래를 향한다. 지금 쓰는 문장이 훗날 어떤 선택에 영향을 미칠지를 생각하지 않는 기록은 무책임하다. 그래서 나는 글을 쓸 때마다 독자를 상상했다. 지금의 독자가 아니라 아직 오지 않은 독자를. 그 독자는 아마도 또 다른 위기의 시대를 살고 있을 것이다. 그때 이 문장이 너무 늦지 않기를 바랐다. 너무 과장되지도, 너무 미온적이지도 않기를 바랐다. 위기의 순간에 붙잡을 수 있는 것은 극단의 구호가 아니라 분명한 판단이기 때문이다.

나는 믿었다. 피로 쓰인 역사는 다시 피를 부르지만, 사유로 쓰인 역사는 선택을 부른다는 것을. 선택은 언제나 완전하지 않다. 그러나 선택을 할 수 있는 상태 자체가 자유다. 그래서 나는 계속 기록한다. 오늘을 정리하기 위해서가 아니라, 내일이 질문을 잃지 않도록 하기 위해서. 역사는 피로 쓰이지 않는다. 역사는 생각으로 이어진다.

역사는 늘 승자의 얼굴을 하고 나타난다. 그러나 내가 보기에 역사는 결코 스스로 말하지 않는다. 말하게 만드는 자가 있을 뿐이다. 조선의 역사는 오랫동안 왕의 연대기였다. 왕이 태어나고 즉위하고 죽는 사이에 백성은 배경으로 밀려났다.

그러나 나에게 역사는 그런 것이 아니었다. 나는 물었다. 이 나라의 주인은 누구인가? 누가 이 땅에서 울고 웃었는가? 누가 피를 흘렸고, 누가 그 피 위에 이름을 새겼는가? 역사는 질문에서 시작된다. 역사는 질문하는 자의 것이다.

의심하지 않는 역사는 이미 죽은 역사다. 나는 사서를 읽으면서 늘 칼날 같은 의문을 세웠다. 왜 이 전쟁이 일어났는가? 왜 이 패배는 기록되었고 저항은 지워졌는가? 역사란 과거의 기록이 아니라 현재를 향한 태도다. 과거를 어떻게 읽느냐에 따라 오늘의 우리가 달라진다.

그래서 나는 글을 썼다. 연대 대신 정신을, 왕조 대신 민족을, 사실 대신 의미를 세우기 위해서였다.

역사를 바로 세운다는 것은 죽은 자를 미화하는 일이 아니라 산 자에게 책임을 묻는 일이다. 나는 그 책임을 피하지 않으려 했다. 질문하는 자만이 역사를 가질 수 있다. 침묵하는 민족에게 역사는 없다. 그것이 내가 믿은 역사관이었고 끝내 버리지 못한 신념이었다.

그때부터였다. 세상이 둘로 나뉘기 시작했다. 타협하는 자와 거부하는 자, 고개를 숙이는 자와 끝내 고개를 들고 마는 자. 나는 더 이상 중립일 수 없었다. 글을 쓰는 자에게 중립이란 이미 선택이었다. 침묵은 총알을 대신하는 협조였고 온건은 가장 교묘한 변명이었다. 나는 적(敵)을 보았다. 그리고 그 적(敵)은 내가 글을 쓰지 않기를 바라고 있었다.

그들이 가장 두려워한 것은 총도 폭탄도 아니었다. 한

문장이었다. 한 문장이 사람의 생각을 바꾸고, 생각이 다시 역사를 흔든다는 사실을 그들은 너무도 잘 알고 있었다. 그래서 나는 쓰기로 했다. 살기 위해서가 아니라 굴복하지 않기 위해서. 목숨은 빼앗길 수 있어도 사상은 항복하지 않는다는 것을 증명하기 위해서.

그날 이후 나의 문장은 더 이상 장식이 아니었다. 위로도 수사도 교양도 아니었다. 문장은 칼이 되었고 나는 그 칼을 숨기지 않았다. 적(敵)은 분명해졌다. 그리고 나는 더 이상 그들을 모른 척하지 않았다.

적(敵)은 문서로 다가왔다. 을사늑약 전문을 처음 손에 쥐었을 때, 나는 그것이 그렇게까지 위험한 문서일 것이라고는 생각하지 못했다. 조약이란 대개 어려운 말로 쓰이고, 외교라는 일에는 언제나 유리함과 불리함이 뒤섞이기 마련이라고 이미 여러 번 들어 왔기 때문이다.

그러나 문장을 따라 읽어 내려가면서 나는 점점 이상함을 느꼈다. 그 문서 어디에도 조선이 의지는 보이지 않았다. 누가 결정했는지 분명하지 않았고, 책임을 지는 사람도 나타나지 않았다. 중요한 대목마다 '부득이한 형편'이라는 말이 앞에 서 있었다. 그 문서는 협상의 결과를 설명하는 글이 아니었다. 이미 내려진 결정을 조용히 통보하는 문서에 가까웠다.

그때 나는 비로소 깨달았다. 이것은 두 나라가 합의한 조약문이 아니라 일본이 조선의 외교권을 빼앗는다는 사실을 정리해 놓은 문서라는 것을. 적은 총을 들고 나타난 것이 아니었다. 적은 문장을 들고 나타났다. 그리고 그 문장을 승인한 사람들 역시 모두 조선 사람이었다.

며칠 뒤 나는 그 문서에 이름을 올린 사람들을 떠올렸다. 그들은 격분해 있지 않았다. 오히려 침착했고 현실을 잘 아는 사람들처럼 보였다. 그들의 말은 늘 이렇게 끝났다.

"지금은 어쩔 수 없다."

"더 큰 피해를 막기 위한 선택이다."

"때를 기다려야 한다."

그 말들은 겉으로 보면 모두 합리적으로 들렸다. 그래서 더 위험했다. 그들은 노골적인 배신자가 아니었다. 다만 나라의 운명보다 자기 자리와 안위를 먼저 계산한 사람들이었다.

그 순간부터 적은 더 이상 막연한 존재가 아니었다. 적은 이름을 가지고 있었고 목소리를 가지고 있었으며 나와 같은 말을 쓰는 사람들이었다.

그때까지도 나는 글을 쓰는 일에 머물 수 있으리라 생각했다. 격렬하게 싸우지 않아도, 비난의 말을 쏟지 않아도 진실은 결국 드러날 것이라 믿었기 때문이다.

그러나 오래지 않아 알게 되었다. 침묵은 중립이 아니었다. 말하지 않는다는 것은 이미 누군가의 편에 서는 일이었다. 그 순간 나는 깨달았다. 글을 쓰는 사람이 온건함 뒤에 숨을 때, 그것은 때로 가장 안전한 방식으로 책임을 피하는 일이 될 수도 있다는 것을.

나는 적(敵)을 보았다. 그리고 동시에 내가 서야 할 자리를 보았다. 글은 더 이상 나를 드러내는 수단이 아니었다. 글은 선을 긋는 행위가 되었다. 이쪽과 저쪽을 가르고 물러설 수 없는 지점을 선언하는 일.

그날 이후 나는 문장을 다르게 쓰기 시작했다. 부드러운 말 대신 정확한 말을 택했고 여지를 남기지 않는 문장을 택했다. 그 선택이 나를 유랑으로 데려갈지라도 되돌아갈 수는 없었다. 적(敵)은 분명해졌고, 나는 더 이상 그 사실을 외면하지 않았다. 나는 적(敵)을 보았다. 그것은 증오의 시작이 아니라 결단의 시작이었다. 그날 이후 내 문장은 길을 잃지 않았다. 갈 곳은 오직 하나였기 때문이다.

아무리 세월이 흘러가도 잊을 수 없는 아픈 악몽의 기억이 하나 있다. 그것은 첫아들을 어이없이 잃어버린 슬픔이다. 나는 스물아홉이라는 늦은 나이에 풍양 조씨와 혼례식을 올렸다. 산촌에서 성장한 아내는 세상 물정에 너무 어두웠다. 때가 되자 자연스럽게 아기가 생겼고 아들이 태어났다. 그 기쁨은 이루 형언하기 어려웠다. 그런데 모유가 늘 부족했다. 배고파 우는 아기의 울음소리를 들으며 나는 종로 거리의 잡화점으로 나갔다. 거기 진열대에는 미국에서 들여온 분유가 놓여 있었다. 우유에서 수분을 날리고 가루로 만든 낯선 물건이었다.

둥근 양철통에 들어 있는 이것을 여러 개 사 와서 아내에게 전해 주며 아기가 배고프지 않도록 제때 먹이라고 했다. 그런데 그런 물품을 처음 보는 아내는 아기에게 그 걸 어떻게 먹이는지 전혀 알지 못했다. 끓인 물에 묽게 타 서 식힌 다음 먹여야 하는데, 그녀는 물에 갠 가루를 아기 입에 숟가락으로 떠먹였다. 아기는 처음에 받아먹었으나 곧 목이 막혔다. 그럴 땐 아기를 안고 등을 두드려서 트림 부터 시켜야 했는데 그걸 몰랐다. 무지한 어미는 아기에 게 그 분유를 또 떠먹였다. 결국 아기는 얼굴빛이 파랗게 변했다. 질식한 것이다. 처음엔 울지도 못했고 나중엔 숨 을 쉬지 못하더니 움직임마저 멈추었다. 어찌 이런 일이 있단 말인가.

나는 집으로 달려갔다. 남아 있던 분유 깡통 여러 개를 모두 들고나와 삼청동 계곡으로 갔다. 도끼를 번쩍 들어 깡통을 내려쳤다. 몽매한 무지에 대한 분노였고 화풀이 였다. 삼청동 계곡의 여울물은 온통 희뿌연 빛깔로 흘러 내렸다. 다음 날 아내는 울면서 친정집으로 내려갔다. 나 는 두 번 다시 그녀를 만나지 않았다.

4부

칼이 된 말

뤼순 감옥의 신채호

칼이 된 말

성균관의 강의는 여전히 이어졌지만, 그 강의가 전부는 아니었다. 젊은 학생들의 질문은 교과서보다 먼저 시대를 향해 있었다. 질문들은 정제되지 않았고 때로는 거칠었지만 분명한 방향을 가지고 있었다. 나는 그 질문들을 외면하지 않으려 애썼다. 질문을 외면하는 순간 학문은 스스로 무덤을 판다는 사실을 알고 있었기 때문이다.

글을 쓰는 일은 점점 혼자의 일이 아니게 되었다. 그러나 그렇다고 함께하는 일도 아니었다.

신문사 안에는 늘 사람들이 있었지만, 문장 앞에서만큼은 각자가 고립되어 있었다. 같은 활자를 보며 고개를 끄덕이는 순간에도 각자가 감당해야 할 위험은 달랐다. 어떤 이는 문장을 쓰고도 끝내 이름을 남기지 않았고, 어떤 이는 이름을 남겼으나 끝까지 서명하지는 못했다.

나는 그 차이를 비난하지 않았다. 위험 앞에서 인간은 각자의 속도로 결정을 내린다. 다만 나의 태도는 점점 분명해졌다. 이 글에 내 이름을 붙이는 것은 용기가 아니라 책임의 문제라는 걸. 신문을 읽고 찾아오는 이들도 있었다. 그들은 반드시 말을 걸지는 않았다. 눈인사만 남기고 돌아가는 경우가 더 많았다. 그러나 그 눈빛에는 이미 질문과 결심이 함께 담겨 있었다. 나는 그 눈빛을 오래 기억했다. 글이 사람에게 도달하는 방식은 반드시 소리를 동반하지는 않는다는 사실을 그때 배웠다.

검열은 점점 익숙해졌다. 익숙해진다는 것은 위험이 줄어든다는 뜻이 아니라 위험의 형태를 읽을 수 있게 되었다는 뜻이었다. 어떤 문장은 허용되었고 어떤 문장은 이유 없이 멈췄다. 그 이유 없음을 해석하는 일이 이제는 글 쓰기의 일부가 되었다. 조심하라는 말이 반복될수록 나는 점점 덜 조심하게 되었다. 물론 문장은 더 단단해졌고 표현은 더 간결해졌으나, 방향만큼은 더 분명해졌다. 돌려 말하지 않겠다고 결심한 순간, 글은 오히려 더 멀리 나갔다.

동지들 사이에서도 균열이 생겼다. 모든 게 속도의 차이였고 기대의 차이였으며 두려움을 대하는 방식의 차이였다. 나는 그 균열을 억지로 메우지 않았다. 균열을 봉합하려는 시도는 오히려 더 큰 파열을 부른다는 것을 역사는 수없이 보여 주었기 때문이다.

나는 내 문장이 누군가에게 짐이 될 수도 있다는 사실을 알고 있었다. 함께 있다는 이유로 같은 위험을 지게 만드는 것은 연대가 아니라 폭력일 수 있다. 그래서 나는 더욱 분명하게 썼다. 모호함으로 타인을 끌어들이지 않기 위해서였다.

글은 점점 나를 보호하지 않았다. 그러나 이상하게도 나는 점점 더 자유로워졌다. 숨길 것이 줄어들수록 두려움도 줄어들었다. 문장이 나를 위험하게 만드는 것이 아니라, 나의 침묵이 나를 가두고 있었다는 사실을 그제야 분명히 알게 되었다.

신문에 실린 문장 하나가 하루를 바꾸지는 못했다. 그러나 하루가 쌓이게 되자 사람들의 말투가 바뀌었고 질문의 방향이 달라졌다. 역사는 그렇게 움직인다는 것을 나는 글을 쓰며 배웠다. 크게 흔들리지는 않지만 분명하게 이동하는 방식으로.

이제 글은 되돌릴 수 없는 단계에 들어와 있었다. 한 번 발표된 문장은 다시 없던 일로 돌릴 수 없었고, 설령 지운다 해도 이미 사람들의 입과 기록 속에 남아 다른 형태로 퍼져 나가고 있었다. 나는 그 사실을 받아들였다. 글쓰기는 더 이상 생각을 정리하는 준비가 아니었다. 이미 행동이었다.

총을 들고 싸우는 것은 아니었지만, 나는 매일 글로 일본의 지배와 그것을 받아들이려는 사람들의 논리를 비판하고 있었다. 그것은 조용한 싸움이었지만 물러설 길은 없었다. 한번 시작한 글은 더 이상 뒤로 돌아갈 수 없었다.

말은 아직 칼이 아니었다. 처음부터 나는 말을 무기로 쓰려고 한 것이 아니었다. 말은 다듬는 것이고 글은 설득하는 것이라고 배웠다. 과한 표현은 경박함으로, 직설은 무지로 오해받기 쉬웠다. 그래서 나는 문장을 고르고 골랐다. 날을 세우기보다 균형을 맞추는 데 공을 들였다. 말은 사람을 움직이는 것이지 베는 것이 아니라고 믿었다. 그러나 세상은 그런 말을 오래 허락하지 않았다.

신문을 읽을 때마다 나는 이상한 패턴을 보았다. 나라의 위기는 늘 완곡어법으로 쓰여 있었고, 굴욕은 '외교적 선택'이라는 말로 가려졌다.

'현실적인 판단'

'불가피한 조정'

'대세를 거스르지 않는 결정'

그 말들은 모두 패배를 숨기기 위한 얄팍한 포장지였다. 나는 부드러운 말이 패배하는 순간을 보며 알게 되었다. 부드러운 말은 강자 앞에서는 미덕이지만, 약자가 사용할 때는 패배를 연장하는 도구가 된다는 사실을.

그때부터 내 문장을 다시 읽기 시작했다. 이 말은 너무 돌아가지는 않는가, 이 문장은 누군가에게 빠져나갈 구멍을 주지는 않는가. 나는 군말과 장식을 덜어 냈고 여지를 지웠으며 애매함을 남기지 않으려 애썼다. 문장은 짧아졌고 의미는 날카로워졌다. 말은 더 이상 나를 설명하지 않았고 대상을 겨냥하기 시작했다.

나는 그 변화가 돌아올 수 없는 선을 넘는 일임을 알고 있었다. 나는 밤마다 문장을 숫돌에 갈아서 칼처럼 벼리기 시작했다. 어느 순간부터 사람들의 반응이 달라졌다.

'그건 너무 과격하다.'

'굳이 그렇게까지 말해야 하나.'

'적(敵)을 만들 필요는 없지 않나.'

그러한 말들을 들으며 확신하게 되었다. 말이 아프다는 것은 이미 어딘가를 베고 있다는 증거라는 걸. 그날 이후 내 문장은 더 이상 모두를 향하지 않았다. 적(敵)을 향해 쓰였다. 말과 글이 칼을 품은 것이다. 칼은 쥔 자의 책임이다. 말도 마찬가지였다. 내가 쓴 문장이 누군가를 다치게 할 수 있다는 것을 알았다.

그러나 침묵이 더 많은 사람을 다치게 한다는 사실도 이미 보아 버렸다. 그래서 나는 말의 책임을 피하지 않기로 했다. 칼을 들었다면 휘두를 각오도 함께 드는 것이 옳았다. 한번 칼이 된 말은 다시 장식으로 돌아갈 수 없다.

날을 무디게 하면 그것은 더 이상 말도 칼도 아니게 된다.

　나는 그 사실을 받아들였다. 이후의 길이 고립과 유랑으로 이어질지라도 말을 다시 눕히지는 않겠다고. 그때부터 나는 말을 숨기지 않았다. 말은 칼이 되었고, 나는 그 칼의 주인이 되었다. 이제는 상처를 내는 것이 목적이 아니라 거짓을 베는 것이 목적이었다.

　그로부터 여러 해 세월이 흘러 베이징 시절의 이야기다.

　나는 한동안 그 도시의 남루한 골목에 거처를 정하고 머물러 살았다. 온갖 사람들이 찾아왔고 그들과 대화를 나누었다. 서로의 관점이 통할 때면 기쁨이 넘쳤지만, 그렇지 못할 때는 가슴이 답답했다. 웬만하면 만남의 자리를 줄여 나가기로 했다. 조선의 유명 언론인이 베이징으로 왔다는 소식에 중국의 몇몇 신문에서 칼럼 연재를 청탁해 왔다. 나는 흐뭇한 마음으로 그것을 수락했다.

　〈북경일보〉에 내 글이 실리기 시작했다. 여러 사람이 나의 글에 반응을 나타내었다. 어느 날 지면에 실린 내 문장을 보았다. 그런데 내가 쓴 원고와 다르게 어조사 '의(矣)' 하나가 빠져 있었다. 그것이 있고 없고의 차이는 컸다. 뜻은 비슷했으나 결은 달랐다. 그런데 베이징 언론사에서는 필자에게 동의도 구하지 않고 그들 멋대로 원고를 수정했나 보다. 한순간 불쾌감이 치밀어 올랐다. 나는 그것을 읽고 더 미련을 갖지 않았다. 곧바로 담당 기자에게 전화를 걸었다. 이후 내 글의 연재는 없다며 중단을 통보했다.

글은 한 글자라도 허락 없이 바뀌는 순간, 더 이상 내 것이 아니라고 믿었다. 침묵은 오래 지속될 수 없었다. 침묵이 행동을 가능하게 했지만, 행동이 쌓이면 언젠가는 이름을 요구한다. 이름이 없는 움직임은 오래 버티지만, 역사를 흔들지는 못한다. 우리는 그 경계에 와 있었다.

이 무렵 나는 1921년 1월부터 3월까지 중국 베이징에서 〈천고(天鼓)〉라는 제목의 순한문 월간지를 발간했다. 심산(心山) 김창숙(金昌淑, 1879~1962년)과 함께 7호까지 책을 내었다. 주로 민족 독립사상이 담긴 논설과 사론을 담았는데, 그것은 중국인을 대상으로 발간한 계몽지었다. 발간사에서 나는 이렇게 썼다.

　천고(天鼓)여, 천고여. 구름이 되고 비가 되어 더러움과 비린내를 씻어 다오. 혼이 되고 귀신이 되어 적(敵)의 운명이 다하도록 저주해 다오.
　천고여, 칼이 되고 총이 되어 왜적의 기운을 쓸어버려 다오. 폭탄이 되고 비수가 되어 적(敵)을 동요시키고 뒤흔들어 다오. 국내에서는 민족의 기운이 고양돼 암살과 폭동의 장거가 끊이지 않고 있다. 밖으로는 세계 추세가 달라져 약소국가들의 자결 운동이 계속 일어나고 있다.
　천고여, 천고여. 너의 북을 두드려라. 나는 춤을 추리라. 우리 동포들의 사기를 끌어 올려 보자꾸나. 우리 산하를 돌려 다오.
　천고여, 분투하라. 노력하라. 너의 직분을 잊지 말지어다.

　천고는 잠자는 민족의 가슴을 두드리는 북이었다. 이 북은 즐기기 위해 치는 것이 아니며 권력을 기쁘게 하려고 울리는 것도 아니었다.

　여기서 '다물단(多勿團)' 조직의 이야기도 짚고 넘어가야겠다. 1925년 4월이었다. 김창숙, 배천택(裵天澤) 등과 항일 비밀결사 단체를 조직했다. '다물'이란 '옛 땅을 회복한다.'라는 뜻의 고구려 말이다. 용감, 전진, 쾌단(快斷) 등의 의미도 있고 '입을 다문다.'라는 뜻도 있다. 다물단은 밀정이라고 의심되는 사람을 처단하는 의열 투쟁을 목적으로 하였다. 나는 이 '다물단' 출범을 앞두고 선언문을 작성했다. 돌이켜 보노라니 이 '다물단' 활동에서 얻은 경험의 축적은 이후 의열단에서 고스란히 활용되었다. 나는 선언문에서 완곡한 표현을 쓰지 않았다. '되찾지 못하면 살아 있을 이유도 없다.' 이 부분은 독자를 설득하기에 앞서 결단부터 강렬하게 요구했다. 나에게 있어서 선언이란 설명이 아니다. 그것은 행동의 다른 이름이었다.

　중국에서는 주로 베이징과 상하이를 오가며 살았다. 이 무렵 경성의 여러 신문에 논설과 산문을 다수 발표했다. 몽매한 정신에 자극을 주고 각성을 일으키게 하는 방법으로서 산문의 집필은 매우 위력적이었다. 「낭객(浪客)

의 신년만필(新年漫筆)」은 1925년, 내 나이 46세가 되었을 때 〈동아일보〉 지면에 발표했던 산문이다. 그해는 을축년이었다. 3월 23일에 대한민국 임시 정부의 수반 이승만(李承晩, 1875~1965년)이 임시의정원의 탄핵 의결로 대통령 자리에서 쫓겨났다. 그것은 판단의 착오와 관리 부실에 대한 당연한 귀결이다. 이 시기를 틈타 일제는 조선의 독립운동과 사회주의자 단속을 빌미로 치안유지법(治安維持法)이라는 악명 높은 법을 제정, 공포했다. 그들의 눈 밖에 나면 무조건 체포, 구속, 투옥을 거쳐 사형까지 쉽게 자행되었다. 〈동아일보〉에 보낸 글은 이 꼴을 보다 못해 휘둘렀던 세찬 필봉(筆鋒)이다.

주로 식민지 조선이 겪는 위기 현실과 문예 운동의 건강성 회복 문제를 다루었다. '낭객'이란 바람처럼 물결처럼 중국에서 흘러 떠도는 망명객 신세인 나 자신을 일컫는 말이다. 새해를 맞았으나 국내외 정세는 점차 열악해지고 있었다. 이런 시기에 정신의 근본을 되찾지 못한다면 엄청난 몰락과 붕괴로 떨어질 수 있다며 따가운 일침으로 글을 시작했다. 나는 조선의 문예 운동이 식민지 위기 현실에서 단 한 걸음도 제자리를 찾아가지 못한다고 진단했다. 이리저리 갈피를 잡지 못하고 우왕좌왕 방황하는 꼴이 눈에 보였다. 민중이 각성하는 일에 문학인은 민족정신을 드높이고 저항 의식을 키워 주는 역할에 충실해야 한다고 역설했다. 그런데 식민지 문단의 현황은 예술이라는 이름을 내세우며 외래문화를 무분별하게 수입하며 정신의 중심을 잃고 있었다. 이를 따갑고 통렬하게 지적했다. 문학인들이 앞장서서 몽롱한 상태로 독자의 의식을 속이고 정신을 마비시킨다며 비판의 화살을 날렸다.

그 가운데 가장 화제에 올랐고 주목을 받았던 두 대목을 여기에 옮긴다.

1. 우리 조선 사람은 매양 이해 밖에서 진리를 찾으려 하므로, 석가가 들어오면 조선의 석가가 되지 않고 석가의 조선이 되며, 공자가 들어오면 조선의 공자가 되지 않고 공자의 조선이 되며, 무슨 주의가 들어와도 조선의 주의가 되지 않고 주의의 조선이 되려 한다. 그리하여 도덕

과 주의를 위하는 조선은 있고 조선을 위하는 도덕과 주
의는 없다.

　2. 예술주의의 문예라 하면 현 조선을 그리는 예술이 되
어야 할 것이며, 인도주의의 문예라 하면 조선을 구하는
인도가 되어야 할 것이니, 지금의 민중과 관계 없이 다만
간접의 해를 끼치는 사회의 모든 운동을 소멸하는 문예
는, 우리의 취할 바가 아니다.

　기미년 만세 사건 이후 독립운동 계열은 시대적 분위기
를 타고 자연스럽게 통합의 움직임을 보였다. 그것은 민
족주의 계열과 사회주의 계열이 서로 만나 손을 맞잡겠다
는 것이니 과거에 없었던 놀라운 접근이었다.

　그 무렵 신간회(新幹會) 가입 권유의 뜻이 나에게 전해
져 왔다. 나는 처음에는 이를 거절했다. 대중의 이름으로
모인 조직이 언제든 가장 느린 결정으로 머뭇거리는 꼴을
진작부터 여러 차례 보아 왔기 때문이다. 이때 다정한 후
배인 벽초(碧初) 홍명희(洪命熹, 1888~1968년)가 찾아와
가입을 거듭 권했다. 나는 마지못해 마음을 열었다.

신간회는 가능성이었지만, 동시에 한계이기도 했다. 취지는 좌우합작의 민족전선이다. 어떻게든 당파를 초월하고 기회주의를 배격한다는 취지를 강조했다. 이렇게 조직된 신간회 활동은 주로 학생운동, 노동운동 지원과 야학, 민중운동 쪽으로 연결되었다. 원래 이름은 신한회(新韓會)였으나 조선총독부가 이름에 트집을 잡았다. 그래서 '한(韓)'을 빼고 대신 '간(幹)'을 넣었다. 거기엔 마른나무에서 새 줄기가 나온다는 뜻이 담겼다. 이상재(李商在, 1850~1927년)와 안재홍(安在鴻, 1891~1965년)은 민족주의 계열이었고, 홍명희와 허헌(許憲, 1885~1951년)은 사회주의 계열이었다. 이 신간회 운동은 중국에서 국민당과 공산당이 연대했던 국공합작(國共合作)에서 자극받은 바가 컸다.

창립발기대회에 나가 보았더니 평소 낯익은 인물들이 많았다. 권동진(權東鎭, 1861~1947년), 이승훈(李承薰, 1864~1930년)은 존경하는 선배들이다. 한용운(韓龍雲, 1879~1944년), 조만식(曺晩植, 1883~1950년)을 오랜만에 만나서 반갑게 손을 잡았다. 문일평(文一平, 1888~1936

년), 백관수(白寬洙, 1889~1951년), 신석우(申錫愚, 1895~1953년), 한기악(韓基岳, 1898~1941년) 등은 성실하고 충직한 후배들이다. 내 이름도 여기에 포함되어 창립발기인은 모두 34인으로 결정되었다. 1927년 1월 19일, 그날따라 몹시 혹독한 대한 한파가 휘몰아쳤다. 그런데도 경성 종로의 대회장은 뜨거운 분위기로 가득했다. 이날 대회에서는 3대 강령이 채택되었다.

1. 우리는 정치적, 경제적 각성을 촉진한다.
2. 우리는 단결을 공고히 한다.
3. 우리는 기회주의를 일체 부인한다.

전국에 신간회 지부를 두었는데, 이 순정한 취지에 공감한 회원들이 나날이 늘어나서 한때 4만 명을 넘어서기도 했다. 총독부의 승인을 받은 합법단체로 출발했으므로 활동 범위에는 처음부터 숙명적 제한이 걸려 있었다. 이런 분위기 속에서 이번에는 최린(崔麟, 1878~1958년), 송진우(宋鎭禹, 1890~1945년) 등의 자치론(自治論) 계열이 뒤늦게 합류했다. 바로 이 대목에서부터 예상했던 혼란이 감지되기 시작한다. 어차피 숯과 얼음은 한자리에 어울리기가 불가능한 게 아니던가. 사회주의 계열 인사들은 러시아 코민테른의 지령을 받은 뒤로 민족주의와의 결별과 해소를 주장하기 시작했다. 전체적인 분위기는 자치론 중심으로 흘러가는 분위기였다. 분분한 의견은 줄곧 파열음으로 이어지고 항시 의견대립으로 들끓었다.

마침내 1931년에 열린 신간회 전체 대회에서 향후 방향을 묻는 투표가 시행되었다. 결과는 해소파(解消派)의 주장이 압승으로 나타났다. 마침내 신간회는 해소파의 뜻에 따라 해소 후 재창단으로 나아가려 했다. 하지만 총독부에서 이를 방관할 리 만무했다. 곧바로 노골적인 방해 공작이 들어왔다. 이로써 불과 5년 남짓 초라한 활동을 마감하고 신간회는 무너졌다. 처음부터 우려했던 일이 고스란히 현실로 눈앞에 드러나고 있었다.

나는 연대를 부정하지는 않았으나, 연대가 결단을 대신할 수는 없다고 생각했다. 그 결단은 늘 지연되고 멈칫거렸다. 그래서 나는 신간회 조직에 일단 머물되 거취 판단은 뒤로 남겨 두었다. 이런 분열과 파열음을 지켜보면서 내 마음은 착잡했다. 신간회에서 쏟아 낸 모든 글은 일시적 위로만 될 뿐이었다. 나는 그것이 얼음 같은 각성으로 이어지기를 원했다. 글은 읽고 지나가는 게 아니라, 잠을 깨우도록 해야만 진정한 글이었다. 나에게 있어서 문장은 하나의 북채였다. 북을 앞에 놓고 무조건 두들겨야 했다. 침묵은 더 이상 나의 선택지가 아니었다.

5부

나는 굽히지 않았다

뤼순 감옥의 신채호

나는 굽히지 않았다

　글은 많은 것을 바꾸었지만, 모든 걸 바꾸지는 못했다. 신문의 지면은 한계가 있었고, 문장이 닿을 수 있는 거리에도 분명한 경계가 있었다. 나는 그 경계를 인정해야 했다. 인정한다는 것은 포기한다는 뜻이 아니라 다음 단계를 준비한다는 뜻이었다.

　어느 순간부터 같은 문장을 반복해서 쓰고 있다는 느낌이 들었다. 말의 방향은 옳았지만, 그 말이 머무는 자리는 점점 좁아지고 있었다. 검열은 더 교묘해졌고 반응은 더 느려졌다. 사람들은 이해했지만, 이해하는 데서 멈추는 경우가 늘어났다. 나는 그러한 정체를 예민하게 느꼈다.

글은 질문을 만들었고, 그 질문은 행동을 요구했다. 그러나 지면 위에서는 행동으로까지 밀어붙일 수 없었다. 문장은 더 나아가고 싶어 했지만, 종이는 늘 거기까지였다. 나는 처음으로 글의 한계를 또렷하게 의식했다. 이 한계는 좌절이 아니었다. 오히려 명확한 신호였다.

지금까지의 싸움이 사유(思惟)의 싸움이었다면, 이제부터는 결단(決斷)의 싸움이라는 신호. 글이 나를 이 지점까지 데려왔다면, 이제는 내가 글을 넘어가야 할 차례였다. 주변의 움직임도 달라지고 있었다. 말로만 공감하던 이들 가운데 조심스럽게 행동을 묻는 사람들이 생겨났다. 무엇을 하면 되는가? 어디로 가야 하는가? 지금이 그때인가? 나는 그러한 질문들 앞에서 쉽게 대답하지 않았다. 성급한 행동은 때로는 침묵보다 더 위험했기 때문이다.

동지들과의 대화는 점점 길어졌고 갈수록 낮은 목소리로 이어졌다. 우리는 더 이상 무엇이 옳은지를 놓고 토론하지 않았다. 이미 알고 있었기 때문이다. 대신 무엇을 감당할 수 있는지를 서로에게 묻고 있었다. 그 질문은 언제나 개인에게로 돌아갔다. 조직이라는 말이 조심스럽게 오르내리기 시작했다. 그 말은 기대와 두려움을 동시에 불러왔다. 조직은 힘이지만, 동시에 책임의 집중이기도 했다. 개인의 선택이 집단의 선택으로 바뀌는 순간 되돌아갈 길은 사라진다. 나는 그 무게를 가볍게 보지 않았다.

누군가는 아직 이르다고 말했고 누군가는 이미 늦었다고 말했다. 그 사이에서 나는 시간을 계산하지 않았다. 계산한 것은 조건이었다. 지금의 글이 더 이상 새로운 질문을 만들지 못한다면, 그때는 자리를 옮겨야 했다. 나는 그 기준을 분명히 세웠다. 글은 나를 여기까지 이끌었지만, 여기서부터는 글만으로는 부족했다. 말로 설명할 수 없는 결단이 있었고 설명해서는 안 되는 계획도 있었다. 나는 점점 공개적인 자리에서 말을 아끼게 되었고, 그 대신 만남을 늘렸다.

작은 만남, 짧은 대화, 그러나 방향은 분명한 만남. 이 시기 나는 침묵을 다시 배웠다. 그 침묵은 도피가 아니라 집중이었다. 말을 아낀 만큼 선택은 또렷해졌다. 모든 걸 말하지 않아도 서로가 무엇을 향하고 있는지는 이미 충분히 공유되고 있었다. 결국 남는 질문은 하나였다. 여기 남아서 더 쓰는가, 아니면 떠나서 다른 방식으로 싸우는가?

이 질문은 어느 날 갑자기 떠오르지 않았다. 이미 오래전부터 문장 사이에 숨어 있었다. 나는 그 질문의 답을 더이상 미루지 않기로 했다. 떠난다는 것은 패배가 아니었다. 글이 실패했다는 뜻도 아니었다. 오히려 글이 제 역할을 다했다는 증거에 가까웠다. 사유는 이미 퍼졌고, 이제는 그것을 묶고 조직하며 실제로 움직이게 할 단계였다. 나는 알았다. 이 선택 이후에는 되돌아올 수 없다는 것을. 그러나 동시에 이 선택을 하지 않는다면 지금까지 써 온 모든 문장이 반쪽이 된다는 것도 알고 있었다.

그래서 나는 결심했다. 두려움을 계산하지 않고 대가를 모른 척하지도 않되, 피하지는 않기로. 글의 끝에서 길이 시작되고 있었다. 이 길은 더 이상 혼자의 길이 아니었지만, 누구도 대신 걸어 줄 수 없는 길이었다. 나는 그 길 앞에 섰다. 그리고 이번에는 문장이 아니라 몸으로 답할 차례라는 걸 분명히 느끼고 있었다.

요구는 처음부터 위협의 얼굴을 하고 오지 않았다. 그

들은 늘 조언처럼 말했고 충고라는 외피를 두르고 다가왔다.

'조금만 완곡하게 쓰는 게 어떻겠는가.'

'표현을 누그러뜨리면 더 많은 독자를 얻을 수 있다.'

'지금은 때가 아니다.'

그러한 말들은 모두 나를 걱정하는 것처럼 들렸다. 그러나 나는 그 속에서 하나의 공통된 요청을 보았다. 굽히라는 요청.

그들에게는 논리가 있었다. 현실을 이야기했고 힘의 크기를 계산했으며 패배의 가능성을 수치처럼 들이밀었다. 그것은 굽힘의 논리였다.

'살아남아야 하지 않겠는가.'

'지금 꺾이면 나중에 다시 일어설 수 있다.'

'죽어 버리면 아무것도 할 수 없다.'

나는 그 말들을 이해했다. 이해했기 때문에 더 위험하다는 것도 알았다. 굽힘은 늘 합리의 얼굴로 다가온다. 그리고 그 합리는 사람을 설득하는 데 거의 완벽하다.

나는 자신에게 한 가지 질문을 던졌다.

'이 문장을 고치면, 나는 무엇을 잃게 되는가?'

표현 하나를 지우면 사람들은 잠시 편안해질 것이다. 그러나 그 편안함은 진실이 사라진 자리에서만 가능했다.

나는 깨달았다. 굽힌다는 것은 문장뿐만이 아니라 사유의 높이도 스스로 낮추는 일이라는 걸. 그 선은 한 번 넘으면 다시 정확히 돌아올 수 없다. 굽히지 않겠다고 결정한 순간 길은 급격히 좁아졌다. 지면은 줄었고 사람들은 거리를 두었으며 이름은 불온하다는 수식어와 함께 불렸다. 나는 고립을 선택한 것이 아니었다. 고립은 선택의 결과로 따라온 것이었다.

그러나 이상하게도 고립 속에서 처음으로 문장이 흔들리지 않는다는 느낌을 받았다. 그것은 굽히지 않기로 결심한 대가였다. 굽히지 않겠다는 선택은 영웅적인 결의가 아니었다. 오히려 아주 단순한 결론이었다.

나는 내가 쓴 문장을 부정하며 살 수는 없다. 그것뿐이었다.

그러한 선택 이후에 문장은 더 이상 나를 시험하지 않았다. 나는 문장 앞에서 변명하지 않아도 되었고 설명하지 않아도 되었다. 굽힘이 사라진 자리에서 나는 더욱 당당해졌다.

많은 것이 떠났다. 자리, 안전, 인정, 관계.

그러나 한 가지는 남았다. 부끄럽지 않다는 감각. 그 감각은 밤을 버티게 했고 유랑을 견디게 했으며 끝내 다시 쓰게 만들었다. 그것이 나를 떠난 것과 남은 것이었다. 나는 절대로 굽히지 않았다. 그것은 강함의 선언이 아니라 자아를 잃지 않겠다는 최소한의 약속이었다. 그 약속 하나를 통해 다음 길로 나아갈 수 있었다.

1908년으로 접어들면서 글을 쓰는 일은 점점 종이 위의 작업이 아니게 되었다. 문장을 쓰는 순간부터 그 문장이 어디까지 허락될 수 있는지를 미리 계산해야 하는 시대였다. 신문 지면은 전보다 얇아졌고 비어 있는 칸은 늘어났다. 기사는 사라졌으나 사라졌다는 표시는 남지 않았다. 검열은 흔적을 남기지 않는 방식으로 언어를 다루는 법을 알고 있었다.

나는 그 공기를 하루하루 몸으로 느끼고 있었다. 시대가 먼저 고개를 숙였던 것이다.

어느 날, 며칠을 붙들고 있던 원고가 되돌아왔다. 붉은 먹으로 그어진 선이 문장마다 남아 있었다. 편집자는 말을 고르듯 입을 열었다.

"선생! 이 대목은 조금 강합니다."

"이 표현은 공연한 오해를 살 수 있습니다."

나는 원고를 다시 내려다보았다. 그가 지운 것은 과장이 아니었다. 비유도 아니었다. 사실 그 자체였다. 나는 물었다.

"무엇이 오해이지요?"

그는 잠시 머뭇거리다가 이렇게 말했다.

"지금은… 조심해야 할 때입니다."

'조심하라.'라는 말은 그 무렵 가장 많이 들리는 말이었다. 그러나 그 말은 언제나 주어가 빠져 있었다. 누가 조심해야 하는가. 무엇을 위해 조심해야 하는가. 끝내 그 질문에 아무도 대답하지 않았다. 그 말의 정체를 알아볼 필요가 있었다.

며칠 뒤, 다른 자리에서 비슷한 말을 또 들었다. 이번에는 오래 알고 지낸 선배였다.

"자네 글이 옳다는 건 다들 알고 있네."

"하지만 지금은 조금 누그러뜨릴 필요가 있어."

나는 그 말에서 적의를 느끼지 않았다. 오히려 살아남기를 바라는 진심을 읽었다. 그래서 더 분명히 알 수 있었다. 이것은 협박이 아니라 시대가 요구하는 자기 검열이라는 사실을. 그날 밤 나는 문제가 된 문장을 다시 펼쳐 놓았다. 조금만 표현을 바꾸면 지면은 열릴 것이고 이름도 남을 것이며 글을 계속 쓸 수 있을 터였다. 그러나 그 문장을 고치는 순간 나는 이미 다른 글을 쓰게 된다.

표현 하나를 낮추는 일은 문장 하나의 문제가 아니었다. 그것은 사유 전체를 낮추는 일이었다. 나는 그 문장을 끝내 고치지 않았다. 나는 더 이상 내 문장을 고쳐 쓸 수 없다고 다짐했다. 하지만 그 다짐의 결과는 빠르게 나타났다. 지면은 줄었고 연락은 뜸해졌으며 내 이름 바로 앞에는 '과격한'이라는 말이 붙기 시작했다. 사람들은 나를 피하지 않았다. 다만 조심스럽게 대했다. 그 표정 속에서 나는 분명히 느꼈다.

이미 나는 안전한 사람의 범주에서 벗어나 있었다. 그

러나 이상하게도 그 시기부터 문장은 더 또렷해졌다. 나는 더 이상 누구의 반응을 먼저 떠올리지 않았다. 이 문장이 통과될 수 있는지를 계산하지도 않았다. 문장은 그저 사실을 향해 곧장 나아갔다. 그때 나는 알았다. 굽히지 않는다는 것은 무언가를 얻는 일이 아니라 잃지 않는 일이라는 걸. 이것은 고립 속에서 얻은 확신이었다.

많은 것이 떠났다. 자리, 관계, 안전. 그러나 하나는 남았다. 내가 쓴 문장을 다시 읽을 수 있다는 감각. 부끄럽지 않다는 감각. 그 감각 하나로 다음 글을 쓸 수 있었고 다음 싸움을 준비할 수 있었다. 나는 절대로 굽히지 않았다. 그것은 영웅적인 결단이 아니라 시대를 속이지 않겠다는 최소한의 선택이었다. 그 선택 이후 길은 험해졌으나, 방향은 더 이상 흔들리지 않았다.

1922년은 중국 베이징으로 옮겨와서 내 나이 43세가 되던 해였다. 하루하루 살아가는 일이 너무도 힘들었다. 궁핍과 가난으로 내 한 몸 건사하기에도 벅찬데 하물며 가족까지 고통을 겪게 하다니. 나는 견디다 못해 처자에게 경성으로 돌아가도록 했다. 아내 박자혜(朴慈惠, 1985~1943년)는 걱정 어린 얼굴로 동의하긴 했으나, 끝까지 눈물을 보이지 않았다. 그녀는 눈물이 메마른 게 아니라 터지려는 울음을 안으로 눌러 삭이며 억지로 참고 있었을 것이다. 가족을 보내고 나서 빈민굴을 떠났다. 중국인 친구 진 씨(晉氏)의 도움으로 베이징의 관음사(觀音寺)로 들어가서 머리를 깎고 승려가 되었다. 평소 내 형편을 이해하며 늘 옆에서 도와준 진 씨가 고마웠다. 먹고 자는 일이 해결되지 않으면 공부도 불가능했다.

사찰 거주 경험으로 말하자면, 일찍이 1918년 베이징의 보타암(普陀庵)에서 한 달 동안 「조선사(朝鮮史)」를 집필하던 추억이 있다. 거기서 글을 쓸 수 있도록 도움을 준 분은 베이징 대학의 중국인 교수 리스쩡(李石曾, 1881~1973년)이었다. 그는 생물학자이자 중국 아나키즘 운동의 이론가로, 5·4운동의 정신적 지주였다. 나는 그의 도움으로 베이징 대학 도서관도 마음대로 출입할 수 있었다.

하지만 그때는 삭발하지 않았다. 지금은 일단 승려 행색을 모두 갖추었으니 어쩌겠는가. 때가 되면 법당에 들어가 부처님 앞에서 독경(讀經)하고 수도 생활에 정진하는 모습을 보였다. 그래야만 나의 숙식이 해결되었기 때문이다. 내가 여기 숨은 줄 모르니 찾아오는 사람이 없었다. 이것은 연구에만 몰두하려는 나에게 절호의 기회가 아닐 수 없었다. 나는 관음사에서 1년간 머물면서 조선사 연구에 몰입했다.

어느 날 베이징 대학 도서관에서 자료를 찾다가 숙소로 돌아오는 길이었다. 갑자기 먹구름이 몰려오고 우레가 요란하더니 장대 같은 소낙비가 주룩주룩 쏟아지기 시작했다. 내 몸은 삽시에 흠뻑 젖었다. 이 비를 피할 곳이 없을까 하고 사방을 둘러보는데, 마침 길 건너 커다란 대문 하나가 보였다. 거기엔 커다란 지붕이 있어서 지나가는 비를 피하기에 적절했다. 그곳으로 가서 오돌오돌 떨며 서 있는 꼴이 가련했으리라. 마침 한 귀인이 가마를 타고 대문으로 들어갔다. 집주인으로 보였다. 그는 가마를 잠시 멈추게 하더니 나에게 물었다.

"온몸이 다 젖으셨구려. 이곳은 추우실 테니 잠시 저의 집 사랑채에서 비가 그칠 때까지 쉬다 가시지요."

이렇게 고맙고 생광스러울 수가 없다. 너그럽고 온후한 주인의 안내를 받아 사랑채에 들어섰다. 그 순간 내 눈과 입은 딱 벌어졌다. 사랑채 벽은 온통 책으로 가득했다. 어느 도서관 못잖은 희귀한 고전과 전적(典籍)들이 빼곡히 정리되어 있었다. 내 발걸음은 주인의 허락도 받지 않은 채 저절로 서가 앞으로 다가갔다. 베이징 도서관에도 없던 자료가 거기에 있었다. 나는 선 채로 이 책 저 책을 빼어서 보며 책장을 바쁘게 넘겼다. 집주인은 이런 내 모습을 옆에서 호기심 가득한 눈으로 보더니 기어이 입을 열었다.

"그렇게 책장을 후다닥 넘기는데, 과연 내용을 짐작이나 하는지요?"

"네, 저에게는 책을 빠르게 읽는 저만의 비법이 있답니다."

그것은 내가 개발한 속독법(速讀法)이었다. 바람처럼 떠도는 망명객의 처지에 언제 한가하게 느긋한 독서를 즐길 겨를이 있겠는가. 일단 책을 펼치면 눈길이 저절로 우상좌하(右上左下)로 훑어 내려간다. 요즘 말로 하자면 복

사기로 스캔하는 방식이다. 그냥 스치며 후딱 지나간 듯한데 책 내용을 모두 소상하게 기억한다. 집주인은 탄복하며 나의 용모를 다시금 아래위로 쓸 듯이 바라보았다.

"선생께서는 뉘신지요? 대체 어떤 분이기에 이렇듯 놀라운 독서를 하시는지?"

이를 믿지 않는 주인은 내가 과연 책 내용을 읽기나 했는지 몇 차례나 시험을 했다. 내가 읽은 내용을 낱낱이 조목조목 설명하자 그는 혀를 차며 거듭 탄복만 할 뿐이었다.

그날 이후 그 댁의 사랑채 서가는 내가 어느 때건 찾아가서 책을 볼 수 있는 곳이 되었다. 특별 허락이 내린 것이었다.

그렇게 여러 달이 지났는데, 어느 날 돌연한 화재가 발생했다. 하인들이 물동이를 들고 달려와서 물을 퍼부었으나, 사랑채의 책들은 모두 잿더미가 되고 말았다. 나는 그 참혹한 광경을 보다못해 집주인을 찾아가 진심으로 위로했다.

"이 서가에 어떤 책들이 있었는지, 제가 그 목록을 한번 만들어 드리고 싶습니다.”

“그렇게 하실 수만 있다면 참으로 고맙지요. 책은 다시 사들이면 되니까요.”

그리하여 나는 그 사랑채에 꽂혀 있던 책의 소상한 목록을 정리해서 전달했다. 집주인은 또다시 탄성을 질렀다. 그로부터 우리는 막역한 친구가 되었다.

그 댁의 자료를 참고하면서 나는 엄청나게 많은 원고를 썼다. ‘조선사 통론’, ‘문화 편’, ‘사상변천 편’, ‘강역고’, ‘인물고’ 등이 그 결과물이다. 나는 앞으로 전집을 발간할 거라는 기대로 가슴이 부풀었다.

그런데 이 원고 뭉치가 어느 날 감쪽같이 사라지고 말았다. 이게 어찌 된 일일까. 누가 몰래 훔쳐 간 것인지 아무리 찾아도 원고는 끝까지 나타나지 않았다. 이 일은 떠돌이 망명객으로서 겪었던 가장 큰 고통이자 서러움이었다. 나의 방심 속에서 1년 동안 쏟아부은 노력과 정성은 말 그대로 ‘도로아미타불’이 되고 말았다. 나는 심한 좌절감과 허탈감을 안고 관음사를 떠났다.

6부

유랑과 망명

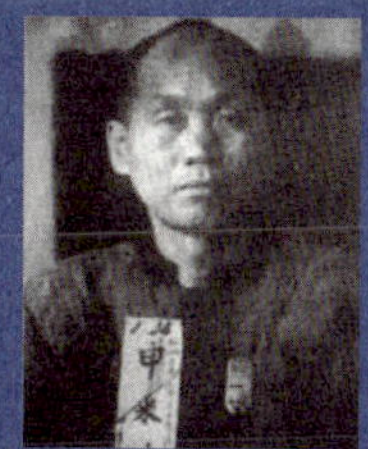

뤼순 감옥의 신채호

유랑과 망명

떠난다는 말은 언제나 가볍게 들린다. 그러나 실제의 떠남은 오래도록 축적된 무게의 결과였다. 나는 하루아침에 결심하지 않았다. 이미 수없이 문장을 고치고 수없이 만남을 정리하며 수없이 돌아갈 수 있는 길을 스스로 지워 왔다. 내가 이곳에 남아 있어야 할 이유는 점점 줄어들고 있었다. 지면은 더 좁아졌고 말의 여지는 더 얇아졌다. 글은 여전히 읽혔지만, 그 글이 허용되는 방식은 점점 더 예측 가능해졌다. 예측이 가능한 저항은 곧 관리가 가능한 저항이 된다. 나는 그 경계선에 서 있었다.

조직이라는 말은 더 이상 추상에 머물지 않았다. 그 말은 사람의 얼굴을 가졌고 장소를 가졌으며 시간표를 요구했다. 조직은 뜻이 아니라 생활을 바꾸는 일이었다. 하루의 동선, 만남의 방식, 말의 수위까지 모두 새로 정해야 했다. 나는 그 무게를 가늠했다. 조직은 나를 키워 줄 수도 있었지만, 동시에 나를 소모할 수도 있었다. 그러나 분명한 것은 하나였다. 혼자만의 글로는 이미 넘을 수 없는 선이 있다는 사실. 그 선을 넘기 위해서는 개인의 결심이 집단의 책임으로 옮겨져야 했다.

떠남은 패배가 아니었다. 그러나 떠남이 항상 영광으로 이어지는 것도 아니었다. 떠나는 길에는 환호보다 침묵이 많았고 박수보다 경계가 많았다. 나는 그 현실을 알고 있었다. 그래서 더욱 이 선택을 낭만으로 포장하지 않기로 했다.

나는 몇 사람을 떠올렸다. 끝까지 남겠다고 말한 사람, 이미 다른 길을 간 사람, 아무 말 없이 사라진 사람. 그 누구의 선택도 쉽게 평가하지 않기로 했다. 역사는 언제나 결과만을 남기지만, 선택의 순간은 각자의 내면에서만 일어난다. 떠남을 준비하며 나는 말수를 줄였다. 불필요한 설명을 하지 않았고 설득하려 들지도 않았다. 설득은 남을 때 필요한 일이다.

이미 떠나기로 마음을 정한 사람에게 설득은 미련으로 남는다. 나는 그러한 미련을 남기지 않기로 했다. 몸은 먼저 반응했다. 잠이 얕아졌고 걸음은 빨라졌다. 사소한 소리에도 의미를 찾게 되었고 평범한 일상에서도 경계가 습관처럼 자리를 잡았다. 이 변화는 두려움이라기보다 적응에 가까웠다. 나는 이미 다른 삶의 리듬으로 옮겨가고 있었다. 조직은 나에게 더 큰 말을 요구하지 않았다. 오히려 더 적은 말을 요구했다. 큰 구호보다 확실한 약속을, 분노의 언어보다 지속 가능한 행동을. 나는 그 요구가 옳다고 느꼈다. 이 싸움은 길었고, 길어질 수밖에 없었다.

떠나기 전 나는 마지막으로 글을 떠올렸다. 그 글들이 헛되었다고 생각하지 않았다. 오히려 그 글들 덕분에 지금의 선택이 즉흥이 아니라는 것을 확신할 수 있었다. 글은 나를 여기까지 데려왔고 이제는 나를 놓아주고 있었다. 떠난다는 것은 어디로 가는가의 문제가 아니라, 어디로는 더 이상 가지 않겠다는 선언이었다. 나는 그 선언을 조용히 완성했다. 누군가에게 알릴 필요도, 기록으로 남길 필요도 없었다. 이미 선택은 끝났기 때문이다.

이제 남은 것은 실행뿐이었다. 말이 아니라 움직임으로, 문장이 아니라 경로로 답해야 할 시간. 나는 뒤돌아보지 않았다. 뒤돌아보는 순간 떠남은 결심이 아니라 망설임이 되기 때문이다. 떠남은 시작이었다. 그리고 이 시작은 다시 글로 돌아올 수 없는 길 위에서만 완성될 것이었다. 스스로 떠나겠다고 마음먹은 적은 없었다. 다만 어느 순간부터 머물 수 있는 자리들이 하나씩 사라졌다. 지면은 닫혔고 이름은 경계의 대상이 되었으며 밤에 문을 두드리는 소리에도 몸이 먼저 반응하게 되었다.

나는 알았다. 떠남은 선택이 아니라, 남는 것이 불가능해진 결과라는 사실을.

처음 길에 오를 때 나는 그것이 유랑의 시작이라 여기지 않았다. 며칠만 몸을 피하면 다시 돌아올 수 있으리라 여겼다. 그러나 길은 늘 생각보다 길었고 돌아오는 방향은 늘 막혀 있었다.

처음 망명길에 올랐을 때를 돌이켜 본다. 기차 안에서

나는 가급적 말을 아꼈다. 사람들의 얼굴을 일부러 보지 않았고 이름을 묻는 질문에는 대답을 늦췄다. 그때부터 나는 말보다 먼저 몸을 숨기는 법을 배우기 시작했다. 그게 나의 첫 번째 길 떠남이었다.

어디선가 나룻배를 타게 되었는데, 하필 멀미가 너무 심하게 몰려왔다. 견딜 수가 없어서 배에서 내려 멀지 않은 평안도 정주의 오산학교(五山學校)를 찾아갔다. 남강(南岡) 이승훈(李昇薰)이 세운 그 학교는 지방의 명문사학으로 전국에 명성이 높았다. 훌륭한 선생들이 구름처럼 몰려들었다. 남강은 나를 특별히 예우하면서 떠나기 전 강당에 모인 생도들에게 한 마디 유익한 말씀을 남겨주면 좋겠다고 했다. 나는 경성의 유명 언론인으로 소개되었다.

하지만 막상 강단에 오르니 나는 야릇한 감개가 들끓어 목이 메었다. 어린 생도들의 초롱초롱한 눈과 해맑은 얼굴을 대하니 슬픔과 서러움이 가슴속 저 깊은 곳에서 한꺼번에 밀려 올라왔다. 나는 그 감정을 억제하느라 호흡을 여러 번 조절했다. 그때 내 모습은 멀뚱히 선 채 성난 듯이 부릅뜬 눈으로 앞만 노려보는 꼴이었다. 내가 줄곧 말이 없자 생도들은 웅성거렸다. 나는 생도들의 빛나는 눈을 그윽한 시선으로 바라보았다.

'그래, 저 눈빛이 흐려지지 않도록 해야 한다.'

'그게 나에게 맡겨진 일이야.'

그렇게 결심한 뒤 나는 곧바로 강단에서 내려왔다. 그날 어떤 말도 하지 않았으나 침묵의 여운은 오래도록 생도들의 가슴에 남았다. 오산학교에서 내 침묵의 강연을 알아들은 생도가 분명히 있었으리라.

국경을 통과하며 나는 처음으로 내 이름을 말하지 않았다. 이름은 너무 많은 것을 함께 데려왔다. 과거의 문장, 알려진 얼굴, 그리고 불필요한 위험. 그 때문에 나는 가명(假名)으로 며칠을 살았다. 그게 처음엔 낯설었으나 생각보다 견딜 만했다. 그때 깨달았다. 이름이란 사람을 증명하는 것이 아니라 사람을 노출하는 표식이 될 수도 있다는 것을. 이것은 이름을 내려놓은 뒤의 편리함이었다.

밤이 가장 힘들었다. 잠들면 모든 경계가 와르르 한꺼번에 무너질 것 같았기 때문이다. 나는 옷을 벗지 않은 채

누웠고 신발을 항상 곁에 두었다. 작은 소리에도 몸은 즉시 깨어났다. 그런 밤들이 날과 달을 잃은 채 이어졌다. 유랑은 길 위에 있을 때보다 멈춰 있을 때 더 깊이 더 사무치게 스며들었다. 이렇게 불면의 밤은 이어졌다.

길 위에서 나는 비슷한 얼굴들을 만났다. 말수가 적고 시선이 빠르며 서로의 사정을 묻지 않는 사람들. 우리는 오래 이야기하지 않았다. 그러나 침묵 속에서 서로가 왜 여기에 있는지는 굳이 묻지 않아도 알 수 있었다. 그들과 나눈 것은 계획이 아니라 정보였고 이념이 아니라 경로였다. 그때부터 투쟁은 생각이 아니라 생활의 문제가 되었다. 이런 긴장 속에서 동지와의 만남이 이루어졌다.

어느 날, 누군가가 내게 '망명'이라는 말을 꺼냈다. 그 말은 생각보다 무거웠다. 잠시 피하는 것이 아니라 아예 다른 삶으로 건너가야 한다는 뜻이었기 때문이다. 나는 그 말을 쉽게 받아들이지 못했다. 그러나 이미 돌아갈 길이 없다는 사실도 부정할 수 없었다. 망명은 패배의 다른 이름이 아니라 계속 쓰기 위한 최소 조건이라는 걸 그때 처음 인정했다. 나는 망명이라는 말을 속으로 곰곰이 떠올려 보았다.

길 위에서 나는 많은 것을 내려놓았지만 한 가지는 분명해졌다. 생각보다 몸이 먼저 알고 있었다. 어디가 위험한지, 어디서 오래 머물 수 없는지. 몸은 사유보다 정직했고 결단보다 빨랐다. 유랑은 사상을 단련하기 전에 신경을 먼저 단련했다. 삶의 리듬을 몸이 먼저 기억하고 있었던 것이다. 그렇게 나는 유랑자가 되었고 망명자가 되었다. 하지만 도망자가 되지는 않았다. 떠났지만 버린 것은 없었고, 잃었지만 지운 것은 없었다.

길 위에서도 문장은 나를 떠나지 않았다. 다만 더 가벼운 몸으로 더 멀리 데려갔을 뿐이다. 망명길에서 내 짐 보퉁이는 작고 가벼웠다. 거의 아무것도 들어 있지 않았다. 마땅히 있어야 할 옷 몇 벌도 돈도 없었다. 끝내 보퉁이에 챙겨 넣은 건 조선 후기의 실학자 순암(順庵) 안정복(安鼎福, 1712~1791년) 선생의 친필본『동사강목(東史綱目)』열 권이었다. 이는 조선의 역사를 조선 역사학자의 눈으로 정리한 전집이다. 너무도 애지중지하던 이 책 보따리를 품에 안고 국경을 넘었다.

몸은 떠났지만, 역사는 그보다 먼저 망명길에 올라 있었다.

나의 발걸음이 맨 처음 찾은 곳은 연해주였다. 해삼위(海蔘威)라 부르는 블라디보스토크. 유랑 동포들이 처음 도착했을 때 바닷가 바위엔 너무도 많은 해삼이 다닥다닥 붙어 있었다. 그래서 생긴 이름이다. 그곳에도 독립을 위해 노력하는 열정적인 지사와 열사들이 머무르고 있었다. 그들은 나를 뜨겁게 맞아 주었다. 언론계에서 일해 온 나에게 연해주 동포 언론계를 열어 달라고 부탁했다. 나는 그 요청을 기쁜 마음으로 수락했다. 거기서 다시 한번 글의 제자리를 찾으려 했다. 〈해조신문(海潮新聞)〉과 〈권업신문(勸業新聞)〉이 그 터전이다. 나는 동포 사회의 언론에 몸을 담으며 아직은 함께 갈 수 있으리라 믿었다.

그러나 연해주에서 예상치 못한 복병이 나를 가로막았다. 가장 먼저 나를 지치게 한 것은 일본도 러시아도 아니었다. 동포 사회의 끝없는 내분과 끝을 모르는 갈등이었다. 나는 조선을 잃은 사람들이 조선보다 먼저 서로를 미

위하는 모습을 보았다. 엄청난 실망과 좌절을 안고 결국 그곳을 떠나지 않으면 안 되었다. 그곳에 적이 많아서가 아니라, 내 진심을 이해하는 동지가 너무 적었기 때문이었다. 나는 다시 떠돌이 망명객으로 길 위에 나섰다.

이번엔 만주 쪽으로의 행차였다. 그곳엔 고구려와 발해 시대의 유적지가 즐비했다. 기회가 되면 민족의 성산으로 알려진 백두산 천지도 오르고 싶었다. 나는 집안 아우 신백우(申伯雨, 1888~1962년)와 길동무가 되어 마침내 백두산에 올랐다. 아름답고 신비한 천지(天池) 호반에 서서 아득한 남쪽 하늘을 물끄러미 바라보았다. 그곳은 지금 왜적의 무도한 발길에 시달리고 있었다. 나는 다시 몸을 뒤로 돌려 광막한 북쪽 산하를 굽어보았다. 가만히 귀 기울이면 고구려와 발해 시대의 함성과 말발굽 소리가 들리는 듯했다. 우리 국토의 남북을 모두 합치면 6천 리 강토가 아니던가. 우리는 그토록 광대하던 겨레의 고도(故土)를 무슨 곡설로 다 잃어버리고, 나는 오늘 쓸쓸한 망명객 신세로 떠도는가. 갑자기 명치 끝을 찌르는 듯 통증이 몰려오면서 피눈물이 왈칵 쏟아지려고 했다.

그날 나는 종일 말이 없었다. 아니 말을 잃었다고 하는 것이 맞다. 천지의 물은 깊었고 하늘은 그보다 엄청나게 높았다. 나는 거기 선 채로 오래도록 넋을 잃고 생각에 잠기었다.

백두산에서 내려오는 길에 나는 일부러 길을 돌아 만주 땅의 고구려와 발해의 옛 자취를 찾았다. 무너진 성터, 이름조차 흐릿해진 비석들 앞에서 나는 자주 멈추어 섰다. 깨어진 기왓조각을 들고 두 볼에 문지르기도 했다. 집안(集安)의 광개토대왕 비석 앞에서 차마 고개를 들지 못했다. 국내성(國內城)이 있던 곳을 거닐 때 울컥하는 심정이 자주 밀려왔다. 나라를 잃은 뒤에야 알았다. 조선은 작아진 것이 아니라 너무 오래도록 축소되어 왔다는 것을. 우리가 본래의 그것을 지키지 못하고 남에게 넘어가는 것을 그냥 방관하고 있었음을 알았다.

이후 다시 고구려와 발해의 유적지를 찾을 기회가 있었다. 1914년 상하이에 머무르고 있을 때였다. 어느 날 서간도 환인현에 있는 윤세복(尹世復, 1881~1960년)으로부터 연락이 왔다. 그는 밀양 사람으로 나보다 한 살 아래다. 의열단 맹원인 김원봉, 윤세주(尹世胄, 1900~1942년) 등과 함께 굳센 독립 정신으로 철저히 무장된 사람이다. 윤세주와 6촌 형제간으로 체격이 크고 눈이 부리부리했다. 그는 일찍이 대종교에 헌신하여 3대 교주의 자리까지 올랐다. 환인현 홍도천 마을에 동창학교를 세운 그가 나에게 간곡히 부탁했다. 동창학교 생도들에게 민족사를 가르쳐 달라는 요청이었다. 그리하여 나는 1년 동안 거기 머무르며 생도들 교육을 맡았다.

그때 나는 지난번 그곳을 통과할 때 제대로 찾지 못했던 요동 벌판과 집안 일대의 고구려 유적을 집중적으로 답사했다. 집안에서는 고분을 직접 들어가서 벽화를 보았다. 환인현 일대의 바람과 햇살은 우리 겨레의 상고사에 대한 관심과 사랑에 흠뻑 젖어 들도록 했다. 이러한 현장답사는 문헌이 부족하던 역사 공부와 해설에 큰 도움이 되었다. 발해의 옛 터전인 상경성(上京城)도 일부러 찾아가 궁궐터와 발해 탑, 사찰의 석등을 오래도록 바라보며 생각에 잠겼다.

나는 행동의 힘을 과대평가하지 않으려 했다. 행동은

분명히 필요하지만 언제나 가능하지는 않다. 조건은 불리했고 시간은 부족했으며 선택지는 점점 줄어들었다. 행동하지 못하는 순간들이 반복될수록 행동만으로 역사를 바꿀 수 있다는 믿음이 얼마나 위험한지 깨닫게 되었다. 행동은 실패할 수 있다. 실패한 행동은 쉽게 지워지고 패배의 기록으로만 남는다. 나는 그 사실을 외면하지 않았다. 그러나 행동이 실패한다고 해서, 그 행동을 가능하게 했던 사유까지 실패하는 것은 아니다. 이 차이를 분명히 하지 않으면 우리는 다시 침묵으로 돌아가게 된다.

그래서 나는 묻기 시작했다. 행동이 막힌 자리에는 무엇이 남는가. 무엇이 다음을 가능하게 하는가. 그 질문의 끝에서 나는 다시 사상으로 돌아왔다. 모든 사상이 남는 것은 아니다. 많은 사상은 그 시대와 함께 사라진다. 선동은 빠르게 퍼지지만 빠르게 소모된다. 구호는 기억되지만 판단을 남기지는 않는다. 나는 남는 사상의 조건을 생각했다. 남는 사상은 불편하다. 당장의 위로를 주지 않고 즉각적인 결론을 제시하지 않는다. 대신 질문을 남긴다. 질문은 귀찮고 종종 피하고 싶어진다. 그러나 질문이 남아 있는 한 사상은 완전히 패배하지 않는다.

나는 내 글이 당장 행동을 이끌어 내지 못하더라도, 사람들이 사태를 판단할 수 있는 기준 하나만은 남기기를 바랐다. 그런 기준이 남아 있으면 언젠가 다시 선택의 순간이 찾아왔을 때 사람들이 다른 길을 생각할 수 있기 때문이다. 선택의 가능성이 살아 있는 한 역사는 다시 움직일 수 있다.

기록은 언제나 느리다. 기록은 곧바로 박수를 받지는 못하고 당대의 성과로 평가되지도 않는다. 그러나 기록은 오래 남는다. 그리고 그 오래 남는 힘이 결국 기록의 힘이다. 나는 그 느린 힘을 믿기로 했다. 눈에 잘 띄지 않기 때문에 때로는 무력해 보이지만, 빠른 힘이 사라진 뒤에도 기록은 조용히 남아 다음 시대를 준비한다. 그 역할을 나의 글에 맡기고 싶었다. 내가 더 이상 말할 수 없게 된 뒤에도 이 문장들이 남아서 누군가에게 말을 건넬 수 있으리라 생각했기 때문이다.

나는 이후의 시간을 생각했다. 내 이름이 잊히더라도 내가 던진 질문만은 남기를 바랐다. 이름은 사라질 수 있지만 질문은 반복될 수 있다. 그리고 반복되는 질문은 결국 새로운 답을 찾게 만든다. 사상은 한 사람의 소유로 남아 있을 수 없다. 어떤 이름에 묶여 버리는 순간 사상은 살아 있는 생각이 아니라 박물관 속 유물이 되고 만다. 나는 내 생각이 다른 시대의 언어로 다시 말해지기를 바랐다. 그것이 오해되거나 비판을 받더라도, 그 과정 자체가 사상이 살아 움직이는 방식이라고 믿었다.

나는 완성된 결론을 남기기보다 미완의 질문을 남기려고 했다. 미완의 질문은 불안하지만 열려 있다. 그리고 그것이 다음 세대가 다시 생각하고 선택할 여지를 남긴다. 행동의 한계를 알게 된 뒤에도 나는 글쓰기를 멈추지 않았다. 멈추지 않는다는 사실 자체가 나에게는 하나의 행동이었기 때문이다.

글이 나를 구해 주지는 않았다. 그러나 글은 내가 포기하지 않도록 붙잡아 주었다. 포기하지 않는 태도는 때로 어떤 행동보다도 오래 남는다. 그래서 나는 오늘도 문장을 남긴다. 승리를 약속하진 않아도 침묵으로 돌아가지 않는 문장을. 행동은 사라질 수 있다. 그러나 생각은 남는다.

소년 시절, 성균관의 마당은 고요했고 유생들의 말은 늘 예의로 시작해 예의로 끝났다. 나라가 기울고 있다는 소문은 있었으나, 그것은 늘 '밖에서 벌어지는 일'로 취급되었다. 정치란 먼 것이었고 역사는 책 속에 머물러 있었다. 그 무렵의 나는 아직 세상을 믿고 있었다. 정확히 말하면 글이 세상을 설득할 수 있으리라 믿고 있었다.

우리는 늘 토론했고 논리를 다듬었으며 문장의 균형을 중요하게 여겼다. 말이 지나치면 품격을 잃는다고 배웠다. 감정은 학문에 해롭다고 여겼다. 나는 그 규칙들을 성실히 따랐다. 그때까지는 물정을 제대로 몰랐기 때문이다. 세상에는 품격을 가장한 폭력이 존재한다는 사실을.

나는 처음부터 적(敵)을 미워하려고 한 게 아니었다. 다만 세상을 똑바로 보려고 했을 뿐이다. 그러나 눈을 뜨는 순간, 세상은 이미 적(敵)과 나를 갈라놓고 있었다. 적(敵)은 칼을 들고 오지 않았다. 그들은 웃으며 왔고 말끔한 관복을 입은 채 조약이라는 종이를 들고 왔다. 칼보다 얇은 종이 한 장이 나라의 목을 베고 있었지만 아무도 피를 보지 못했다. 나는 그 종이를 읽었다. 읽을수록 문장은 문장이 아니었다. 논리의 외피를 두른 복종이었고 법의 언어를 가장한 강도였다. 그 순간 나는 깨달았다. 적(敵)은 국경 밖에만 있는 것이 아니라는 것을.

적(敵)은 안에 있었다. 조선의 말을 쓰면서 조선을 부정하는 자들, 충성을 입에 올리며 이미 일본의 계산서를 가슴에 품은 자들. 그들의 침묵은 충성보다 컸고 그들의 미소는 배신보다 차가웠다. 나는 분노보다 먼저 수치를 느꼈다. 이렇게 쉽게 빼앗길 수 있는 나라에 대해 우리는 얼마나 안일했는가. 이렇게 조용히 무너질 수 있는 역사라면 우리는 도대체 무엇을 믿고 살아왔는가.

7부

내 생각은
늘 쫓겨 다녔다

뤼순 감옥의 신채호

내 생각은 늘 쫓겨 다녔다

조직은 저절로 돌아가고 있었다. 나는 그 흐름 안으로 들어갔다. 환영도 설명도 없었다. 그 대신 요구가 있었다. 정확함, 침묵, 그리고 지속. 처음 배운 것은 말을 줄이는 법이었다. 이름을 부르지 않았고 서로의 과거를 묻지 않았다. 아는 것은 방향뿐이었다. 누구를 설득해야 하는지가 아니라 무엇을 실행해야 하는지가 대화의 중심이 되었다. 회의는 짧았고 결정은 길었다. 결정 이후에는 되돌림이 없었다. 한 번 정해진 경로는 개인의 판단보다 앞섰다.

나는 규율을 자유의 반대라고 느끼지 않았다. 오히려 규율 덕분에 불필요한 망설임에서 벗어날 수 있었다. 첫 행동은 크지도 화려하지도 않았다. 그러나 분명했다. 눈에 띄지 않게 준비하고 정확한 시간에 움직이며 흔적을 남기지 않는 것. 이 싸움은 상징보다 지속을 요구했다. 나는 그 요구를 이해했다. 길 위에서 나는 처음으로 글이 전혀 도움이 되지 않는 순간을 만났다. 상황은 문장을 허락하지 않았고 판단은 즉각적이어야 했다. 그 순간마다 나는 스스로 물었다. 지금의 선택이 어제의 문장과 어긋나지 않는가. 그 질문은 나를 지켜 주는 마지막 기준이었다.

조직은 각자의 역할을 분명히 했다. 누군가는 연결했고 누군가는 준비했으며 누군가는 감시했다. 나는 기록을 맡지 않았다. 기록은 나중의 일이었다. 지금 필요한 것은 성공이 아니라 연결의 유지였다. 위험은 생각보다 빨리 현실이 되었다. 시선이 늘었고 동선은 자주 바뀌었다. 익숙하던 거리도 낯선 얼굴을 드러냈다. 그러나 공포는 우리의 중심이 되지 않았다. 공포는 계산의 대상이었고, 계산은 행동을 가능하게 했다.

나는 점점 이름이 없는 존재가 되어 갔다. 그러한 변화는 불편하지 않았다. 오히려 가벼웠다. 이름이 사라지니

역할이 또렷해졌고, 역할이 분명해지자 책임도 선명해졌다. 나는 더 이상 말하는 사람이 아니었다. 움직이는 사람이었다. 어떤 밤에는 문득 문장이 떠올랐다. 그러나 나는 그것을 적어 두지 않았다. 지금 기록하는 것은 나의 안전뿐만 아니라 조직에 위험이 될 수 있었다. 글은 잠시 내 안에만 남아 있어야 했다. 첫 행동이 끝났을 때 성취감은 없었다. 다만 확인이 있었다.

이 길은 되돌아갈 수 없다는 확인. 그리고 이 싸움은 하루로 끝나지 않는다는 확인. 나는 그 사실을 차분히 받아들였다. 싸움은 이제 시작되었다기보다는 계속되고 있었다. 나는 그 흐름 속에서 개인으로서의 나를 점점 내려놓았다. 그 자리에 남은 건 선택의 연속이었다. 오늘의 선택이 내일의 기준이 되고, 그 기준이 조직의 방향을 조금씩 바꾸는 과정.

이 싸움에는 결말이 보이지 않았다. 그러나 방향은 분명했다. 나는 그 방향을 의심하지 않았다. 의심은 내부에서, 확신은 행동에서 관리해야 한다는 것을 이미 배웠기 때문이다. 이제 나는 글을 쓰던 삶이 아니라 글이 요구하던 삶을 살고 있었다. 문장은 침묵의 내부로 들어갔고, 침묵은 행동으로 번지고 있었다.

어느 순간부터 나는 혼자가 아니라는 느낌 속에서 살고 있었다. 뒤돌아보면 아무도 없었지만, 돌아보지 않을 때 분명히 누군가가 따라오고 있었다. 그것은 사람의 얼굴을 하지 않았다. 발소리도 그림자도 없었다. 그것은 보이지 않는 발소리였다. 다만 생각이 먼저 움츠러드는 감각으로 다가왔다. 나는 그때 알았다. 이제 쫓기는 것은 몸만이 아니라 사유 그 자체라는 점을. 내 생각은 늘 쫓겨 다녔다. 그러나 붙잡히지는 않았다. 쫓기는 동안 생각은 더 단단해졌고 더 멀리 달아날 수 있었다. 그 생각은 이제 숨지 않았다. 다만 더 빠르게 움직일 뿐이었다.

나는 상하이로 향했다. 그곳엔 대한민국 임시 정부가 있었다. 여러 경로를 통해 내가 임시 정부의 충청도 대표로 참여해 주기를 요청받았기 때문이다. 큰 기대를 품진 않았으나 이름만으로는 그곳이 마지막 희망처럼 보이는 자리였다. 나는 말 그대로 충청도 대표가 되어 들어갔다. 막상 안으로 들어가 보니 그곳은 생각보다 좁고 소리는 컸다.

회의는 길었으나 결론은 늘 미뤄졌고, 말은 분분했지만 책임지는 이는 아무도 없었다. 나는 일본의 총칼보다 동지의 얼굴을 더 자주 보아야 했다. 나는 임시 정부에서 독립보다 앞서는 그들의 계산과 얄팍한 체면을 보았다. 남의 나라에서 건물을 빌려 임시 정부라는 것을 열었다. 허술하고 어설프기 짝이 없는 그곳에서 날마다 싸움질하는 꼴을 보았다. 그날 이후 나는 임시 정부 활동의 한계를 조용히 생각하기 시작했다.

상하이에서 나는 더 이상 침묵하지 않았다.

1919년 임시 정부 초대 대통령으로 선출된 이승만은 그곳에 단 한 번도 오지 않았다. 대통령이 부재한 임시 정부였다. 그는 자기가 살아온 미국에 그대로 머물면서 미국에만 의지하는 외교적 노선을 펼쳤다. 그는 1920년대 초반, 국제연맹이 한국을 위임통치해 주기를 바라는 간곡한 청원을 편지로 써서 보냈다. 이 청원은 크나큰 논란을 불러일으켰다. 가뜩이나 조국이 일제의 식민지 압제에 시달리고 있는 터에, 위임통치라는 또 다른 방식의 식민지를 선택한 꼴이 아닌가. 어찌 비굴하게 그것을 애걸하고 있는가. 이것은 분명 민족자존을 훼손하는 반역적 발상이었다.

나는 이러한 위선의 내면을 꿰뚫어 보았다. 그리하여 곧바로 이승만에 대한 정면 비판에 돌입했다. 독립은 강대국에 비굴한 청원을 통해 얻어지는 것이 아니다. 타국의 이해에 기대는 순간 이미 반쯤 잃는 것이라고 주장했다. 비판의 대상은 이승만의 주장을 충실히 전달하던 〈상해판 독립신문〉도 예외가 아니었다. 그 신문은 춘원(春園) 이광수(李光洙, 1892~1950년)가 편집과 발행을 총책임지고 있었다. 나는 춘원의 태도를 함께 싸잡아서 비판했다. 민족 주체의 노선을 불분명하게 흐리는 글은 잠시 위로처럼 보일 수 있으나, 그것은 결국 독립을 늦출 뿐이라고 역설했다. 나의 이런 활동에 대해 이승만 노선 지지 세력들로부터 모진 비판이 쏟아졌다. 하지만 나는 한 걸음도 물러서지 않았다. 글이란 상대를 설득하기 전에 먼저 스스로 부끄럽지 않아야 한다고 믿었다.

1923년 국민대표자회의가 발족한 뒤로 임시 정부는 창조파와 개조파로 나뉘어 분열의 골은 한층 깊어졌다. 창조파는 임시 정부의 모순과 부조리가 이미 극에 달했으므로 근본을 바꾸거나 새로운 출발을 주장했다. 반면에 개조파는 현재의 틀을 그대로 유지하면서 고쳐 나갈 부분을 고쳐 나가겠다는 방안이었다. 나는 당연히 창조파의 선봉이 되었다. 점점 나를 비난하는 사람들이 늘어났다. 그들은 대개 이승만을 지지하는 개조파의 끄나풀들이었다. 이승만이 단 한 차례도 상하이에 얼굴을 내밀지 않았으나 그들은 보스를 맹목적으로 숭배했다. 그것은 더욱 한심하고 병적인 꼴이었다.

1920년 목련이 피어나던 어느 봄날이었다. 우당 이회영(李會榮, 1867~1932년) 선생의 부인 이은숙(李恩淑, 1889~1979년) 여사가 내 숙소로 찾아왔다. 너무 누추한 내 거처가 드러나서 창피했다. 여사는 나에게 대뜸 좋은 배필감이 있으니 바로 만나 보라고 했다. 나는 전혀 그런 준비가 되지 않았다고 말했다. 하지만 여사는 서둘러 한 처녀를 나에게 데리고 왔다. 그녀는 경성에서 간우회사건(看友會事件)으로 쫓기다가 베이징으로 도피해 온 간호사 출신의 운동가 박자혜(朴慈惠)였다. 나보다 15년 연하였는데, 망명이라는 불안한 세월 속에서도 연경대학에서 힘들게 학업을 이어 가고 있었다.

우리는 만나자마자 운동가로서의 어떤 호감이 서로에게 전해졌는지도 모른다. 특별한 과정도 없었는데 혼례식은 일사천리로 진행되었다. 당시 나로서는 심리적으로 몹시 불안정한 격동기였다. 임시 정부에서 보내는 하루하루가 지옥과도 같았다. 매일 언성을 높여야 했고 나를 견제하는 반대파와 맞서 싸워야 했다. 이런 시기에 박자혜와의 혼례는 심신의 안정감을 가져다주었다. 우리는 방을 따로 얻지 못해서, 우선 내가 살던 거처에서 곧바로 신혼 생활을 시작했다. 그 이듬해인 1921년에 아들 수범(秀凡)이 태어났다. 평범 속에서 가장 으뜸가는 사람이 되라는 염원으로 지은 이름이었다.

망명은 결심이 아니라 생활로 완성된다. 방랑의 주소는 임시였고 이국의 언어는 벽이있다. 몸은 생각보다 빨리 무너졌다. 사상이 강하다고 하루를 견고하게 버티는 것은 아니었다. 밤이 되면 고독은 더 또렷해졌다. 사람이 없는 고독이 아니라 같은 맥락이 없는 고독이었다. 이 시기에 가족이 내 고통을 함께 묵묵히 견뎌 주었다. 아내는 그 어떤 것도 자세히 묻지 않았다. 하지만 그 침묵은 이미 알고 있다는 표시였다. 아들의 해맑은 얼굴 앞에서 나는 자주 생각을 멈추었다. 사상은 미래를 말하지만, 아이의 얼굴은 지금을 물었다. 가족의 이름은 내 사상의 증명이 아니라 내 선택의 혹독한 대가였다.

그 무렵 임시 정부 의정원에서는 나의 이승만 비판과 탄핵 운동을 몹시 불편하게 여겼다. 이승만 지지자들은 나를 줄곧 주시했다. 어떻게 하면 음해할 틈이 생길까 오직 그것만 궁리했다. 그 비판의 여파는 훗날까지도 이어졌다. 해방 이후 이승만이 미국을 등에 업고 자유당 정권을 수립한 뒤로 내 글은 다시 한번 금지의 대상이 되었다. 국내에서 어떤 출판물도 발간되지 못했다. 내 육신은 이미 세상을 떠나고 없었지만, 그들은 나의 문장들이 여전히 불온하고 위험성을 지닌 것으로 여겼다. 나의 말은 세상에서 여전히 불편한 그늘로 남아 있었다.

내가 창작을 경험한 것은 20대 시절이었다. 〈대한매

일신보>에서 일할 때 신문의 '사조(詞藻)'나 '사회등(社會燈)'이라는 이름의 고정란을 통해서 글을 많이 발표했다. 거기 참여한 사람은 여럿이었다. 나는 형태가 부분적으로 해체된 개화기 시조와 가사체 작품을 많이 발표했다. 이런 활동은 1907년 12월 18일부터 1910년 8월 17일까지 2년 8개월 동안 계속 이어졌다. 이 공간은 순전히 나의 기획으로 만들어졌다. 사회적 정치적 모순과 부조리에 대해 시시각각 떠오르는 분노와 고통의 심정을 시와 가사의 형태에 담아서 날마다 올렸다. 내가 쓴 글이 가장 많았고, 양기탁, 안창호 등도 이따금 거기에 글을 올렸다. 물론 무기명 발표였지만 내가 쓴 작품은 세상이 다 알고 있었다. 대다수 독자는 그 글을 읽고 '속이 시원하다.', '통쾌하기 그지없다.'라는 소감을 보내 주었다.

영웅의 흘린 피가 점점이 썩지 않고
황금산의 비가 되며 백두산의 구름 되어
원한을 쾌히 씻을 때까지 오락가락

이 작품은 1910년 3월 29일에 '사조'란에 발표한 것이다. 종장의 마지막 3음절을 과감히 생략하는 개화기 시조의 전형적 기법이다. 당시로서는 이런 부분적 변화도 엄청난 해체로 여겨졌다. 작품을 읽은 사람들은 내 이름이 없지만 당장 내 솜씨임을 알아챘다.

그로부터 얼마 뒤의 일이다. 내가 고국을 떠나던 순간에 뜻밖의 시마(詩魔)가 폭포처럼 밀려왔다. 1910년 늦가을, 나는 망명객 신세가 되어 열차에 몸을 실었다. 차창으로 압록강의 도도한 물이 보이고 철교를 건너는 열차의 덜커덩거리는 소리가 들렸다. 그때였다. 엄청난 시혼(詩魂)이 일시에 돌벼락처럼 쏟아졌다. 나는 감개에 젖어 한 편의 시를 마음속으로 썼다. 그게 「한나라 생각」이었다. 차창 밖으로 조국의 산하는 점점 등 뒤로 멀어져 갔다. 시달림을 겪는 조국을 두고 떠나는 심정은 비감했다. 하지만 그럴수록 조국을 사랑하는 마음은 뜨겁게 끓어올랐다. 게다가 내 독립투쟁의 결심은 한층 단단하게 굳세어졌다.

여기에 대해서 독자 여러분은 어떤 생각이 드시는가?

내가 단지 한 사람의 사상가로 이 시를 썼다면 그것이 대체로 선언의 찌꺼기나 난삽한 비평 이론의 잔재가 되기 십상이었으리라. 그런데 그게 아니었다. 가장 맑고 순정한 영혼의 언어가 쏟아진 것이었다. 이 작품이 저절로 터져 나올 때의 한없이 황홀하던 그 느낌을 지금도 잊지 못한다. 그때 나는 완전히 접신(接神) 상태였다.

이 시를 쓸 때의 마음속 대상은 잃어버린 나라도 주권도 영토도 아니었다. 그것은 잠들기 전에 곧장 되돌아오는 지고지순(至高至純)의 마음이었다. 이 시에서 나는 사상가가 아니라 겨레의 한 사람으로 끝까지 나를 유지했다. 그래서 이 시는 가장 고요하지만 동시에 최고의 뜨거운 품격으로 다가오는지도 모른다.

나는 네 사랑

너는 내 사랑

두 사랑 사이 칼로 썩 베면

고우나 고운 핏덩이가

줄줄줄 흘러 내려오리니

한 주먹 덥석 그 피를 쥐어

한나라 땅에 고루 뿌리리

떨어지는 곳마다 꽃이 피어서

봄맞이하리

- 시 「한나라 생각」 전문

1915년, 내 나이 36세가 되던 해였다. 나는 날마다 베이징 시내의 도서관으로 마치 출근하듯 찾아갔다. 우리 민족의 고대사를 새로 써야 한다는 강박관념에 사로잡혀 있었다. 겨레가 살아온 역사인데도 불구하고 중국의 눈치만 보며 자신의 부피를 한없이 축소해 온 옛 사학자들의 가련한 모습이 떠올랐다. 베이징 도서관에는 차고 넘칠 정도로 자료가 많았다. 나는 그 자료의 바다 위를 넘실거리며 혼자 감탄했다. 내 목적은 중국에서 우리 조선의 상고사(上古史)를 제대로 정리하는 것이었다. 이런 몰입은 행복감을 불러온다. 끼니를 걸러도 포만감이 느껴졌다.

나는 역사를 고요한 기록으로 보지 않았다. 연대가 이어지고 왕이 바뀌는 일은 표면일 뿐, 그 아래에서는 언제나 긴장이 흐른다고 믿었다. 나라와 나라의 싸움이 아니라 존재와 부정의 싸움. 살아 있으려는 것과 지워지려는 것의 대립. 그러한 대립은 단 한 번도 멈춘 적이 없었다. 그래서 나는 역사를 정의부터 다시 불렀다. 설명이 아니라 선언의 방식으로. 첫대목을 이렇게 시작했다.

"역사는 아(我)와 비아(非我)의 투쟁의 기록이다."

이 문장은 학설이 아니라 태도였다. 여기서 '아'는 혈통이 아니라 자각이며, '비아'는 외부만이 아니라 나 자신을 지우는 모든 힘을 포함한다. 나는 적(敵)을 단순화하지 않았다. 오히려 싸움의 범위를 넓혔다. 가장 위험한 비아는 언제나 우리 내부에서 먼저 자라난다는 사실을 알고 있었기 때문이었다. 이 정의 이후 역사는 더 이상 중립의 언어가 아니었다. 누구의 편에 서는지가 분명해졌고 그 분명함이 곧 책임이 되었다. 나는 그 책임을 피하지 않기로 했다. 피하지 않겠다고 마음먹는 순간, 내 글은 학문을 넘어 싸움의 형식을 띠기 시작했다.

나는 민족을 정의하려 들지 않았다. 정의하는 순간 민족은 고정되기 때문이었다. 대신 나는 민족을 각성의 상태로 보았다. 스스로 인식하고 함께 기억하며 공동의 선택을 감당할 준비가 된 상태. 그 상태가 무너지면 민족은 이름만 남는다. 그래서 나는 민족을 부르는 대신 흔들었다. 잠든 기억을 깨우고 편안한 설명을 거부했다. 내 문장은 종종 불친절해 보였겠지만, 이는 각성을 위한 것이었다.

"민족이란 역사적 투쟁의 주체다."

이 문장은 위로가 아니었다. 부담이었다. 주체라는 말에는 언제나 책임이 따른다. 나는 민족을 피해자로만 남겨 두지 않았다. 선택하지 않았던 순간들까지 함께 떠올리게 했다. 선택의 무게를 감당하지 않는 민족은 다시 같은 자리에 서게 된다는 것을 알고 있었다.

나는 '객관'을 경계했다. 객관은 종종 책임을 회피하는 가장 그럴듯한 말이 되기 때문이다. 무엇을 쓰고 무엇을 지우는지에서 이미 선택은 이루어지는데, 선택을 숨긴 채 중립을 말하는 것은 정직하지 않다고 보았다. 그래서 나는 문장에 온도를 남겼다. 차갑게 식힌 사실만을 나열하지 않고 왜 그것이 중요한지를 함께 기록했다. 이 방식은 비난받기 쉬웠지만 개의치 않았다. 비난보다 더 두려운 것은 아무 흔적도 남기지 않는 글이었다.

"역사를 잊은 민족에게 미래는 없다."

이 문장은 또한 경고이자 약속이었다. 잊지 않으면 미래는 열린다. 그러나 잊는 순간 선택은 사라진다. 나는 독자에게 편안한 독해를 허락하지 않았다. 대신 기억하라는 요구를 남겼다. 기억은 언제나 행동을 부르기 때문이었다. 나는 폭력을 찬미하지 않았다. 폭력은 언제나 가장 쉬운 답처럼 보이지만, 그 쉬움이 남기는 것은 더 큰 공백이다. 그러나 나는 또한 이미 폭력으로 시작된 질서 앞에서 침묵을 미덕으로 삼는 위선을 거부했다. 침묵은 폭력을 멈추지 못한다. 침묵은 그 폭력에 이름을 달아 줄 뿐이

다. 그래서 나는 혁명을 말할 때 감정이 아니라 책임을 먼
저 떠올렸다.

혁명은 분노의 분출이 아니라 방향성을 지닌 결단이어
야 했다. 방향 없는 파괴는 또 다른 억압을 낳는다. 나는
파괴보다 전환을 생각했다. 무엇을 무너뜨릴 것인가보다
무엇을 세울 것인가가 더 중요하다고 믿었다. 이런 사색
과 성찰의 단계를 거쳐 나는 마침내 다음 단계로 접어든
것이다. "민중은 혁명의 대본영(大本營)이다." 「조선혁명
선언」에서 쓴 이 문장은 단순한 구호가 아니었다. 혁명의
주체를 분명히 하겠다는 선언이었다. 소수가 대신 싸우
는 혁명은 오래가지 못한다. 혁명은 위임될 수 없고 대신
수행될 수도 없다. 민중이 스스로 선택하지 않는 혁명은
이름만 남고 내용은 사라진다.

나는 민중을 이상화하지 않았다. 민중은 언제나 완전하
지 않다. 흔들리고 두려워하며 때로는 잘못된 선택을 한
다. 그러나 그 불완전함 때문에 민중을 배제하는 순간 역
사는 다시 소수의 독점물이 된다. 나는 그 독점을 거부했
다. 민중을 말한다는 것은 책임을 나누겠다는 뜻이다. 책

임을 나누지 않는 사상은 결국 지배로 변한다. 그래서 나는 민중에게 요구했다. 깨어 있으라고, 선택하라고, 기억하라고. 위로보다 요구가 먼저였고, 연민보다 기준이 앞섰다.

"민중은 보호의 대상이 아니라, 결정의 주체다."

이 한 문장을 받아들이지 못하면 어떤 해방도 잠시뿐이다. 나는 글을 통해 이 불편한 진실을 반복해서 말했다. 불편함을 견디지 못하는 사회는 자유를 감당하지 못한다는 사실을 알고 있었기 때문이다. 나는 승리만을 기록하지 않았다. 패배와 실패를 함께 남겼다. 실패는 숨기면 반복되고, 기록하면 경계가 된다. 영웅담만 남은 역사는 다음 세대를 속인다. 나는 속이지 않기로 했다.

실패의 기록은 자존심을 상하게 한다. 그러나 자존심을 지키기 위해 사실을 왜곡하는 순간 우리는 다시 같은 자리에 선다. 나는 패배 속에서도 선택의 흔적을 찾으려 했다. 그 선택이 옳았는지 잘못되었는지보다 중요한 것은 선택이 있었는가였다. 선택이 있었다는 사실만 남아도, 다음은 달라질 수 있다.

운명으로 포장된 패배는 아무것도 남기지 않지만, 선택으로 기록된 패배는 질문을 남긴다. 질문은 다시 행동을 부른다. 그래서 나는 실패를 숨기지 않았다. 나는 말이 행동을 대신할 수 없다는 것을 안다. 그러나 행동은 언제나 말에서 시작된다. 방향 없는 행동은 폭주하고, 말 없는 행동은 쉽게 조종된다. 그래서 나는 말의 끝을 행동의 시작으로 삼고자 했다.

글은 나를 안전하게 만들지 않았다. 오히려 더 위험하게 만들었다. 그러나 위험을 감수하지 않는 말은 영향력을 갖지 못한다. 나는 영향력을 택했다. 설득되지 않더라도 흔들리게 하는 문장을 쓰고자 했다. 말은 사상이 되고 사상은 행동을 요구한다. 요구하지 않는 사상은 장식에 불과하다. 그래서 나는 계속 썼다. 설명하기 위해서가 아니라 주체적 선택을 위해서. 이 글이 누군가를 움직이지 못한다면 그 책임은 전적으로 나에게 있다. 나는 그 책임을 회피하지 않기로 했다.

베이징에 머물던 시기, 나는 사상이 가장 안전하다고 여겨지는 순간을 특히 경계했다. 모두가 고개를 끄덕이고 문장이 인용되기 시작할 때 사상은 날을 잃는다. 그래서 나는 가장 위험한 길을 택했다. 창작이었다. 시도 시조도 소설도 비평도 형식의 차이를 가릴 처지가 아니었다. 직감적으로 떠오르는 이야기를 붙잡았다. 마치 포충망을 휘둘러 잠자리나 매미를 잡듯. 한번 시적 문장이 열리게 되니 마치 봇물 터지듯 창작은 걷잡을 수 없이 쏟아져 나왔다.

그러나 당시에는 한곳에서 오래 머물 수 없는 망명객의 처지라서 안정된 주거가 없었다. 사정이 그렇다 보니 완성된 작품도 있지만 상당수의 작품은 중간에서 미완성으로 종결이 되어 버린 경우가 적지 않다. 특히 소설 작품에서 그런 사례가 많다. 이론은 자꾸만 설명하려 들지만, 이야기는 몸에 남는다. 머리에 남는 사상은 쉽게 잊히지만, 몸에 남은 사유는 사람을 되돌려 세운다. 그래서 나는 이야기를 썼다. 도피가 아니라 침투를 위해서였다.

소설 『꿈하늘(夢天)』은 1916년 내 나이 37세 때 쓴 작품이다. 아마도 중편 정도의 분량은 될 것이다. 나는 이 작품에서 독립운동과 투쟁의 길을 환상적 방식으로 엮었다. 읽는 독자는 마치 한 편의 연극을 보는 듯한 기분에 잠길 것이다. 주인공 '한놈'은 필자인 나의 또 다른 모습이자 위기에 처한 당대 우리 겨레의 모습이기도 하다. 사상은 어디까지 꿈을 허용하는가. 나는 이 작품을 쓰면서 끝까지 궁금했던 질문이다. 민족은 자기 자신을 어떻게 상상하고 있는가.

이 작품에서 '님나라'라는 아름답고 향기로운 이상적 공간을 만들었다. 그곳은 돈도 국적도 전혀 필요 없는 유토피아다. 작품 속에서는 왼손과 오른손이 충돌한다. 이것은 내가 논설에서 다루었던 큰 나와 작은 나의 자아 소통과 거기서 빚어지는 내적 갈등의 문제와도 연결된다. 패배한 존재로, 구원받아야 할 대상으로, 아니면 아직 선택 중인 존재로. 꿈이라는 형식을 빌렸다. 그러나 여기에 도피는 없었다. 하늘을 날아도 땅의 고통은 사라지지 않았다. 나는 일부러 그 해답을 주지 않았다. 해답이 주어지는 순간 독자는 다시 평범한 관객의 수준으로 되돌아오기 때문이다.

이 작품을 쓴 직후, 나는 식민지 조선의 경계 내부로 몰래 잠입해 들어갔다. 형의 딸인 질녀 향란(香蘭)의 혼사 문제를 결정해야만 했기 때문이다. 왜적의 국경 경비가 워낙 엄중해서 나는 진남포로 상륙해 밤을 도와 가며 경성으로 들어갔다. 오랜만에 대면한 향란은 나를 냉랭한 표정으로 대했다. 인사도 없었고 눈길조차 주지 않았다. 자기 뜻대로 혼례를 진행하겠다고 했다. 상대는 친일파 집안이었다. 내가 만류했으나 향란은 발끈하며 자기 일에 간섭 말라고 했다. 일이 이렇게 되자 그 자리에서 향란에게 의절(義絶)을 통보했다.

"앞으로 나는 네 숙부가 아니다. 너도 어딜 가서 내 조카라고 일컫지 말아라."

향란은 고개를 돌리고 벽만 바라보았다. 나는 두루마기 자락을 거칠게 거두며 그곳을 떠났다. 이후 다시 향란의 소식을 듣지 못했다. 그 길로 나는 제자 김기수의 상가(喪家)를 찾아가 문상했다. 김기수는 내가 몹시 아끼던 제자였는데 아깝게도 요절했다.

그렇게 조선을 다녀온 1928년, 나는 어느 날 가슴속에 불길이 왈칵 솟구쳤다. 밤을 새워 가며 소설 작품 하나를 썼다. 그것이 『용과 용의 대격전』이다. 그 무렵 나는 아나키즘 사상에 푹 심취해 있었다. 당시의 세찬 기세를 휘몰아서 의열단의 행동 강령인 「조선혁명선언」까지 단숨에 완성했다. 그 글은 의열단 단장인 약산(若山) 김원봉(金元鳳, 1898~1958년)의 정식 요청을 받고 쓴 것이다. 글 속에는 곳곳에 약산의 강렬한 눈빛과 풍채, 사상적 포부에 감동한 에너지가 비치고 있다.

이 소설 작품에는 아나키즘에 대한 내 사상적 열정과 포부가 그대로 담겨 있다. 소설의 구조는 천궁의 상제와 이를 섬기는 지상의 인민 등 두 갈래로 나뉜다. 그곳에서 상제에게 충성하는 미리와 천사들은 모두 악의 화신들이다. 여기에 드래곤이 등장하여 모든 불편과 갈등, 악습을 뒤집어엎고 말끔히 정돈한다. 얼른 읽어 보면 신화나 동화처럼 보이기도 한다.

나는 이 작품에서 우화와 상징적 기법을 많이 동원했다. 종교와 왕조, 제국주의, 과학과 문학 따위도 수탈의 제

도가 빚어낸 기득권일 뿐이라고 역설했다. 현실의 언어
는 이미 너무 많이 오염되고 심하게 닳아 있었다. 같은 말
을 반복하는 한, 남루한 오해만 되풀이된다. 그래서 나는
여기에 신화적 구조를 바탕으로 삼았다. 용과 용의 싸움
은 선과 악의 싸움이 아니라, 존재하려는 힘과 지워지려
는 힘의 충돌이었다. 신화는 현실을 직접 말할 수 없을 때
사상이 선택하는 마지막 우회로(迂廻路)다. 이 시기에 내
사상은 민족주의적 노선을 벗어나 빠르게 아나키즘으로
바뀌고 있었다. 그것만이 유일한 정신적 출구였다.

8부

글로 제조한 폭탄—
「조선혁명선언」

뤼순 감옥의 신채호

글로 제조한 폭탄 「조선혁명선언」

나는 베이징의 관음사에서 다시 빈민가로 내려와 방 하나를 얻었다. 대낮에도 등불을 켜야 하는 그 남루한 소굴에서 여전히 역사 연구를 계속 이어 갔다. 그러한 태도는 지난번에 어이없이 원고를 잃어버린 울적한 심사를 잊어버리기 위한 심리적 방어기제였던지도 모른다. 그래야만 숨을 쉴 수 있을 것 같았다. 밤낮도 모르고 잠잘 때와 깨어 있을 때를 구별하지 못하고 원고 쓰기에만 오래 몰입하다 보니 건강은 급속히 나빠졌다. 끼니도 굶은 상태에서 어느 날은 눈이 침침해지며 아무것도 보이지 않았다. 완전한 실명 직전까지 갔던가 보다. 손으로 벽을 더듬거리며

시각장애인처럼 변소를 겨우 다녀왔다. 게다가 심한 영양실조까지 나타났으니 참담하기가 그지없었다.

나는 비루먹은 떠돌이 개와 닮은 꼴이었다. 혼자 이대로 지내면 며칠 못 가서 곧 죽을 수도 있겠다는 불안감마저 느껴졌다. 나는 어쩔 도리가 없이 경성의 아내 박자혜에게 긴급히 연락을 보냈다. 내 편지를 받고 아내는 놀란 얼굴로 어린 수범이를 데리고 베이징에 나타났다. 그로부터 아내는 이후 한 달 동안 내 곁을 지켰다. 그런데 나는 그 모습이 너무 힘들고 측은하게 보였다. 나는 왜 이렇게도 가족을 고생시키는가. 내 뾰족한 성격은 어느 날 병든 가장을 돌보러 그 먼 길을 달려온 아내와 아들을 다시 조선으로 떠나보내고 말았다. 처음엔 아내가 가지 않으려 해서 나는 일부러 얼굴에 성난 빛을 머금었다. 언성도 쌀쌀하고 거칠었다.

"나는 동서로 바람처럼 표박하는 떠돌이라오. 나에 대한 기대를 잊고 돌아가 수범이를 잘 키워 주시오."

눈물을 흘리며 떠나는 아내의 뒷모습을 바라보며 내 가슴은 찢어졌다. 그게 내 본심이 아니라는 걸 아내도 짐작

할 것이다. 이게 내가 이승에서 가족을 보았던 마지막 모습이다.

어느 날 의열단의 단장 약산 김원봉이 내 거처로 직접 찾아서 왔다. 더러운 빈민가 뒷골목을 그는 묻고 물어서 왔다. 그의 인상은 칼날처럼 섬뜩하고 매서웠다. 시선은 분명 나를 바라보고 있었으나, 내 몸을 단번에 뚫고 등 뒤의 아득한 미래를 투시하는 그런 기이한 눈빛이었다. 그 쏘아보는 듯한 강렬함에서 상대를 일시에 압도하는 장악력이 느껴졌다. 한순간 그의 입에선 경남 밀양의 억센 어조와 방언이 거침없이 쏟아져 나왔다. 아나키즘을 단 한마디도 말하지 않았으나, 그에게선 이미 혁명가의 강렬한 체취가 풍겼다. 그 분명함과 단호한 풍모를 보며 나는 내가 할 수 있는 최대한의 기여를 하고 싶었다. 그저 돕고 싶어졌다는 표현이 적절할 것이다.

약산은 지금 현 단계에서 우리에게 가장 필요한 것이 무엇인지 먼저 생각해야 한다고 말했다. 나는 그의 손을 마주 잡았다. 나에게 맡겨진 임무가 무엇인지 직감으로 알아챘다. 드디어 약산이 입을 열었다. 잠시 침묵하더니 그가 이렇게 말했다.

"문장이라는 재료로 가장 강렬한 폭탄을 하나 제조해 주시오."

그것이 의열단 활동에 꼭 필요한 정신적 지표이자 선언문임은 두말할 나위가 없었다. 약산은 의열단원 중에서 식견이 뛰어난 유자명(柳子明)에게 나의 작업을 곁에서 충실히 돕도록 일렀다. 약산의 입에서는 의열(義烈)이라는 말이 조심스럽게, 그러나 분명하게 터져 나왔다. 그 단단한 어조엔 어떤 꾸밈도 없었다. 비장함을 가장하지도 않았고 영웅을 약속하지도 않았다. 다만 방향이 있었다. 그것은 더 이상 미루지 않겠다는 방향, 다시는 돌아가지 않겠다는 선언이었다.

조직은 스스로 설명하려 들지 않았다. 설명은 자칫하면 변명이 되기 쉽고, 변명은 곧 약점이 되기 때문이다. 대신 우리는 무엇을 하지 않겠는지를 먼저 정했다. 무고한 이를 해치지 않겠다는 것, 공포를 목적으로 삼지 않겠다는 것, 분노에 휘둘리지 않겠다는 것. 그 선을 넘는 순간 이 싸움은 다른 것이 된다는 것을 우리는 분명히 알고 있었다.

선언문을 쓰는 일은 내게 다시 글을 돌려주었다. 그러나 이 글은 이전의 글과 달랐다. 설득을 위한 문장이 아니었고, 사유를 정리하는 글도 아니었다. 이 문장은 이미 선택된 행동의 윤곽을 밝히는 글이었다. 문장은 짧아야 했다. 누구도 오해하지 않도록, 누구도 빠져나갈 여지를 남기지 않도록. 우리는 미사여구를 버렸고 역사를 빌리지도 않았다. 지금 여기에서 무엇을 하겠다는 말만 남겼다. 그 단순함이 오히려 문장을 무겁게 만들었다.

나는 이후 한 달 동안 어둠침침한 거처에 등불을 밝히고 밤낮으로 매달렸다. 내가 쓴 글을 낭독하며 혼자 중얼거렸다.

"이 대목이 너무 약해!"

"이 부분의 표현에서는 세찬 강조가 필요하겠구나!"

때로는 탄식하고 때로는 혼자 허허 웃었다. 누가 이 장면을 보았다면 분명 실성한 사람의 꼴이었으리라. 밖에서 듣는다면 두 사람 이상이 서로 대화를 나누는 듯했을지도 모른다. 글은 하루가 다르게 모양새를 갖추어 갔고,

나는 대목마다 강약을 조절하여 힘의 배분이 제 자리를 잡도록 배려했다.

이름을 거는 순간 모든 게 달라졌다. 은신은 끝났고 우회는 줄어들었다. 이제부터는 우리를 향한 시선도 직접적으로 바뀔 것이었다. 그러나 우리는 그 시선을 계산에 넣었다. 두려움은 여전히 있었지만, 이제 그것은 결정을 흔드는 변수가 아니라 대가로 자리 잡고 있었다.

첫 공개 행동은 곧바로 파장을 만들었다. 파장은 크지 않았지만, 분명히 전달되었다.

사람들은 '누가 했는가?'보다 '왜 했는가?'를 묻기 시작했다. 그 질문이 나오기 시작했다는 사실 자체가 이미 변화를 의미했다. 공포가 아니라 의미가 먼저 움직이기 시작한 것이다.

나는 그러한 변화의 한가운데서 다시 글을 떠올렸다. 그러나 이번에는 혼자 쓰는 글이 아니었다. 이 문장은 여러 사람의 선택이 겹쳐 만들어진 문장이었다. 그래서 더 조심스러웠고, 그래서 더 단단했다. 이 글은 되돌릴 수 없다는 점에서 지금까지의 어떤 글보다 정직했다.

선언 이후 물러선 이는 없었다. 그러나 모두가 같은 속도로 나아간 것도 아니었다. 누군가는 더 깊이 들어왔고, 누군가는 한 걸음 뒤에서 지원을 선택했다. 조직은 그 차이를 허용했다. 강요된 용기는 언제나 가장 먼저 무너진다는 것을 우리는 알고 있었기 때문이다.

세상은 우리를 단순하게 부르려 했다. 폭력, 과격, 위험. 그러나 그런 이름들은 상황을 설명하지 못했다. 우리는 파괴를 위해 움직인 것이 아니라 선택을 회복하기 위해 움직이고 있었다. 그 차이는 행동의 방식에서 분명히 드러났다. 이제 싸움은 돌이킬 수 없는 국면으로 들어갔다. 은밀함과 공개성, 침묵과 외침 사이에서 우리는 더 이상 중간 지대를 선택할 수 없었다. 선언은 다리를 불태우는 일이었고, 그 불길은 뒤가 아니라 앞으로만 타올랐다.

나는 알았다. 이제부터의 시간은 짧지 않을 것이며, 반드시 어떤 대가가 따를 것이라는 사실을. 그러나 동시에 확신도 있었다. 이 선언이 없었다면 지금까지의 모든 선택이 미완으로 남았을 것이라는 확신. 이제 침묵은 끝났다. 외침이 시작되었다. 그러나 이 외침은 군중을 향한 것이 아니었다. 역사를 향한 것이었고 미래를 향한 것이었다. 이제 역사는 우리를 피해 갈 수 없게 되었다.

선언은 이름이었다. 그리고 그 이름은 다시 지워질 수 없었다. 더는 숨길 수 없을 때 숨길 수 있는 생각은 이미 생각이 아니었다. 쫓기고 옮겨 다니며 밤마다 경로를 바꾸는 동안 나는 알게 되었다. 이제는 사유가 자신을 지키는 단계가 아니라, 사유가 온몸을 힘껏 던져야 하는 단계라는 걸. 그때 나는 결심이 아니라 필연을 보았다.

먼저 말을 부수었다. 설득의 문장, 완곡의 표현, 여지를 남기는 말들을 하나씩 걷어 냈다. 최후로 남긴 것은 주저하지 않는 단어들이었다. 책임을 회피하지 않는 문장, 대상을 분명히 지목하는 말. 이 글은 독자를 모으기 위한 것이 아니었다. 적을 향해 정확히 날아가야 하는 폭탄의 글이었다. 나는 거짓과 위선의 언어를 해체한 것이다.

글을 고치며 다듬는 동안 나는 줄곧 자문했다.

'이 문장은 물러설 수 있는가?'

'이 문장은 혹시라도 오해될 여지를 남기는가?'

그렇다면 그 문장은 폭발하지 않는다. 폭발하는 문장은

해석을 요구하지 않는다. 의도를 숨기지 않고 돌아갈 길을 남기지 않는다. 나는 돌아갈 길을 지웠다. 이것은 타협 불가의 문장이었다. '선언'이라는 말은 늘 과장(誇張)처럼 들렸다. 그러나 그날의 문장은 선언 외에는 다른 이름을 가질 수 없었다. 이것은 주장도 논평도 비판도 아니었다. 행동을 요구하는 언어. 행동을 촉발하는 문장. 글은 생각의 결과가 아니라 행동의 기점이 되었다. 장엄한 선언의 순간을 맞이한 것이다.

의외로 손은 떨리지 않았다. 밤은 조용했고 문장은 곧게 나아갔다. 이미 너무 오래도록 이 순간을 향해 달려왔기 때문이다. 나는 그 깊은 어둠의 고요 속에서 확신했다. 이 글은 나를 지키기 위한 글이 아니라 나를 버리는 글이었다. 쓰는 동안의 고요는 세상에서 가장 단단한 강철이었다. 폭탄은 던지는 순간부터 던진 자의 것이 아니다. 이것은 폭탄의 기본이다. 나는 그 사실을 충분히 알고 있었다. 이 글이 나간 이후 어떤 이름으로 불릴지, 어떤 대가를 부를지. 그러나 그 대가를 계산하는 순간, 이 글은 폭발력을 상실한다. 그래서 나는 어떤 계산도 하지 않았다.

문장을 모두 마쳤을 때 나는 알았다. 이젠 돌아갈 수 없다는 것을. 그러나 이제야 정확히 도착했다는 사실까지도. 폭탄은 폭발하기 위해 만들어진다. 숨기기 위해 만들어지지 않는다. 나는 약산과 약속했던 그대로 글로써 폭탄을 만들었다. 그 폭탄은 적(敵)을 향해 던져졌고, 나의 삶을 되돌릴 수 없게 만들었다. 그러나 그 순간부터 말은 다시 거짓과 타협하지 않았다. 폭발 이후에도 문장은 남는다. 그리고 남은 문장은 다음 행동을 부른다.

적(敵)은 언제나 총을 들고 나타나는 것만은 아니었다. 그들 가운데 많은 사람은 책을 읽는 지식인이었고, 학교와 강단에 서 있는 학자들이었으며, 문명을 말하고 질서를 논하는 사람들이었다. 그들은 조선이 처한 현실을 식민지 침략의 결과로 보지 않고 '시대의 흐름'이나 '국제 정세'라는 말로 설명했다. 그들의 언어는 칼처럼 거칠지 않았고 오히려 부드러웠다. 그러나 바로 그 부드러운 말들이 사람들의 분노와 저항 의지를 조금씩 마비시키고 있었다.

나는 그런 모습을 오래 지켜보았다. 어떤 사람들은 일

본의 폭력을 비판하지 않으면서 그것을 중립적 태도라고
주장했고, 또 어떤 사람들은 식민지 현실에 순응하는 태
도를 냉정한 이성이라고 설명했다. 그들이 자주 하던 말
은 늘 비슷했다.

‘감정은 위험하다.’

‘학문은 냉정해야 한다.’

‘지금은 때가 아니다.’

그러나 나라가 사라지고 있는 순간에도 행동의 때를 따
지며 기다리자고 말한다면, 그것은 학문이라기보다 현실
에 대한 동조에 가까운 태도였다. 학자와 문인 가운데에
는 식민지 현실을 정면으로 비판하기보다 그런 현실을 설
명하고 정당화하는 언어를 사용하는 사람들도 적지 않았
다.

나는 한 가지 사실을 깨달았다. 가장 위험한 말은 노골
적으로 일본을 찬양하는 말이 아니라, 체념을 합리적인
판단처럼 보이게 만드는 말이라는 사실을. 그런 말은 사
람들에게 이렇게 속삭인다.

‘어쩔 수 없다.’

'우리는 약하다.'

'살아남아야 한다.'

그 말들은 수많은 사람의 분노를 가라앉히고 행동의 의지를 꺾어 왔다. 나는 그것을 분명히 알고 있었다. 그래서 이 글의 비판은 일본 제국주의만을 향하는 것이 아니었다. 조선의 현실을 설명한다는 이름으로 사람들에게 기다리라고 말하고 결국은 포기를 설득해 온 그 모든 언어를 향하고 있었다.

「조선혁명선언」이 겨냥하는 대상 역시 바로 그것이었다. 일본 제국주의뿐 아니라, 식민지 현실을 '현실적인 판단'이라는 이름으로 받아들이도록 만들었던 모든 언어 말이다. 나는 그런 말을 더 이상 냉정한 판단으로 존중하지 않기로 했다.

이 폭탄은 영웅을 만들기 위한 것이 아니다. 적을 단순화하기 위한 것도 아니다. 이 글이 폭발할 때 가장 불편해질 사람들은 총을 들지 않은 자들, 그러나 말로 길을 막아 온 자들일 것이다. 그들이 가장 먼저 이 글을 위험하다고 말할 것이다. 그 반응이 이 폭탄의 정확한 위력을 증명한다. 이 글은 그들에게 가장 불편한 폭발이다.

나는 글로 폭탄을 만들었다. 그 폭탄은 제국 일본을 향해 날아갔고, 동시에 식민지에 안주한 조선의 타락한 언어들 한가운데로 날아가 떨어졌다. 침묵을 이성이라고 부르던 말들, 굴종(屈從)을 현실이라고 포장하던 문장들, 그 모든 게 이 폭발 앞에서는 더 이상 무고할 수 없었다. 그래서 일본이라는 국명 앞에 반드시 '강도(强盜)'라는 말을 붙였다.

대낮에 총칼을 들고 남의 집에 들어와 모든 평화를 박살 내고 우리의 재물과 목숨까지 모조리 강탈하는 짓이 강도가 아닌가. 우리는 그것을 날강도라 부른다. 그리하여 강도에게 강도라는 표현을 쓰는 건 지극히 당연하다. 내가 지난 수십 년 동안 신문이나 잡지, 강연 따위를 통해 드러낸 관점이나 사상은 모두 이 한 편의 글에 모조리 집약되어 있다. 이제 이 글의 전문을 여기에 옮긴다.

조선혁명선언

1. 강도 일본이 우리의 국호를 없이 하며, 우리의 정권을 빼앗으며, 우리 생존의 필요조건을 다 박탈하였다. 경제의 생명인 산림·천택(川澤)·철도·광산·어장 내지 수공업 원료까지 다 빼앗아 일체의 생산 기능을 칼로 베이며 도끼로 끊고, 토지세, 가옥세, 인구세, 가축세, 백일세(百一稅), 지방세, 주초세(酒草稅), 비료세, 종자세, 영업세, 청결세, 소득세-기타 각종 잡세가 날로 증가하여 혈액은 있는 대로 다 빨아 가고, 어지간한 상업가들은 일본의 제조품을 조선인에게 매개하는 중간인이 되어 차차 자본집중의 원칙 하에서 멸망할 뿐이요, 대다수 민중 곧 일반 농민들은 피땀을 흘리어 토지를 갈아, 그 일 년 내 소득으로 일신(一身)과 처자의 호구거리도 남기지 못하고, 우리를 잡아먹으려는 일본 강도에게 갖다 바치어 그 살을 찌워 주는 영원한 우마(牛馬)가 될 뿐이오, 끝내 우마의 생활도 못 하게 일본 이민의 수입이 해마다 높은 비율로 증가하여 딸깍발이 등쌀에 우리 민족은 발 디딜 땅이 없어 산으로 물로, 서간도로 북간도로, 시베리아의 황야로 몰리

어 가 배고픈 귀신이 아니면 정처 없이 떠돌아다니는 귀신이 될 뿐이며,

강도 일본이 헌병 정치·경찰정치를 힘써 행하여 우리 민족이 한 발자국의 행동도 임의로 못 하고, 언론·출판·결사·집회의 일체의 자유가 없어 고통의 울분과 원한이 있어도 벙어리의 가슴이나 만질 뿐이오, 행복과 자유의 세계에는 눈뜬 소경이 되고, 자녀가 나면, '일어를 국어라, 일문을 국문이라' 하는 노예 양성소-학교로 보내고, 조선 사람으로 혹 조선사를 읽게 된다 하면 '단군을 속여 소잔오존(素戔嗚尊)의 형제'라 하며, '삼한시대 한강 이남을 일본 영지'라 한 일본 놈들 적은 대로 읽게 되며, 신문이나 잡지를 본다 하면 강도정치를 찬미하는 반일본화(半日本化)한 노예적 문자뿐이며, 똑똑한 자제가 난다 하면 환경의 압박에서 염세 절망의 타락자가 되거나 그렇지 않으면 〈음모 사건〉의 명칭 하에 감옥에 구류되어, 주리를 틀고 목에 칼을 씌우고 발에 쇠사슬 채우기, 단근질·채찍질·전기질, 바늘로 손톱 밑과 발톱 밑을 쑤시는, 수족을 달아매는, 콧구멍에는 물 붓는, 생식기에 심지를 박는 모든 악형,

곧 야만 전제국의 형률 사전에도 없는 갖은 악형을 다 당하고 죽거나, 요행히 살아 옥문에서 나온 데야 종신 불구의 폐지자가 될 뿐이다. 그렇지 않을지라도 발명 창작의 본능은 생활의 곤란에서 단절하며, 진취활발의 기상은 경우(境遇)의 압박에서 소멸되어 '찍도 잭도' 못하게 각 방면의 속박·채찍질·구박·압제를 받아 환해 삼천리가 일개 대감옥이 되어, 우리 민족은 아주 인류의 자각을 잃을 뿐 아니라, 곧 자동적 본능까지 잃어 노예로부터 기계가 되어 강도 수중의 사용품이 되고 말 뿐이며,

강도 일본이 우리의 생명을 초개(草芥)로 보아, 을사 이후 13도의 의병 나던 각 지방에서 일본 군대의 행한 폭행도 이루 다 적을 수 없거니와, 즉 최근 3·1운동 이후 수원·선천 등의 국내 각지부터 북간도·서간도·노령·연해주 각처까지 도처에 거민을 도륙한다, 촌락을 불 지른다, 재산을 약탈한다, 부녀를 욕보인다, 목을 끊는다, 산 채로 묻는다, 불에 사른다, 혹 일신을 두 동가리 세 동가리로 내어 죽인다, 아동을 악형한다, 부녀의 생식기를 파괴한다 하여 할 수 있는 데까지 참혹한 수단을 써서 공포와 전율

로 우리 민족을 압박하여 인간의 〈산송장〉을 만들려 하는도다.

이상의 사실에 의거하여 우리는 일본 강도정치 곧 이족 통치가 우리 조선 민족 생존의 적임을 선언하는 동시에, 우리는 혁명 수단으로 우리 생존의 적인 강도 일본을 살벌(殺伐)함이 곧 우리의 정당한 수단임을 선언하노라.

2. 내정 독립이나 참정권이나 자치를 운동하는 자가 누구이냐.

너희들이 〈동양 평화〉〈한국 독립 보존〉 등을 담보한 맹약이 먹도 마르지 아니하여 삼천리 강토를 집어먹던 역사를 잊었느냐? '조선 인민 생명·재산·자유 보호', '조선 인민 행복 증진' 등을 거듭 밝힌 선언이 땅에 떨어지지 아니하여 2천만의 생명이 지옥에 빠지던 실제를 못 보느냐? 3·1운동 이후에 강도 일본이 또 우리의 독립운동을 완화시키려고 송병준·민원식 등 한두 매국노를 시키어 이따위 강론을 외침이니, 이에 부화뇌동하는 자가 맹인이 아니면 어찌 간사한 무리가 아니냐?

설혹 강도 일본이 과연 관대한 도량이 있어 개연히 이러한 요구를 허락한다 하자. 소위 내정 독립을 찾고 각종 이권을 찾지 못하면 조선 민족은 일반의 배고픈 귀신이 될 뿐이 아니냐? 참정권을 획득한다 하자. 자국의 무산계급 혈액까지 착취하는 자본주의 강대국의 식민지 인민이 되어 몇 개 노예 대의사(代議士)의 선출로 어찌 아사의 화를 면하겠는가? 자치를 얻는다 하자. 그 어떤 종류의 자치임을 묻지 않고 일본이 그 강도적 침략주의의 간판인 〈제국〉이란 명칭이 존재한 이상에는, 그 지배하에 있는 조선 인민이 어찌 구구한 자치의 헛된 이름으로써 민족적 생존을 유지하겠는가?

설혹 강도 일본이 불보살(佛菩薩)이 되어 하루아침에 총독부를 철폐하고 각종 이권을 다 우리에게 환부하며, 내정 외교를 다 우리의 자유에 맡기고, 일본의 군대와 경찰을 일시에 철환하며, 일본의 이주민을 일시에 소환하고 다만 헛된 이름의 종주권만 가진다 할지라도 우리가 만일 과거의 기억이 전멸하지 아니하였다 하면, 일본을 종주국으로 봉대한다 함이 〈치욕〉이란 명사를 아는 인류로는 못할지니라.

일본 강도정치 하에서 문화운동을 부르는 자가 누구이냐?

문화는 산업과 문물의 발달한 총적(總積)을 가리키는 명사니, 경제 약탈의 제도하에서 생존권이 박탈된 민족은 그 종족의 보존도 의문이거든, 하물며 문화 발전의 가능이 있으랴? 쇠망한 인도족·유태 족보 문화가 있다 하지만, 하나는 금전의 힘으로 그 조상의 종교적 유업을 계속함이며, 하나는 그 토지의 넓음과 인구의 많음으로 상고(上古)에 자유롭게 발달한 문명의 남은 혜택을 지킴이니, 어디 모기와 등에같이, 승냥이와 이리같이 사람의 피를 빨다가 골수까지 깨무는 강도 일본의 입에 물린 조선 같은 데서 문화를 발전 혹 지켰던 전례가 있더냐? 검열·압수, 모든 압박 중에 몇몇 신문·잡지를 가지고 〈문화운동〉의 목탁으로 스스로 떠들어 대며, 강도의 비위에 거슬리지 아니할 만한 언론이나 주창하여 이것을 문화 발전의 과정으로 본다 하면, 그 문화 발전이 도리어 조선의 불행인가 하노라.

이상의 이유에 의거하여 우리는 우리의 생존의 적인 강도 일본과 타협하려는 자나 강도 정치하에서 기생하려는 주의를 가진 자나 다 우리의 적(敵)임을 선언하노라.

3. 강도 일본의 구축(驅逐)을 주장하는 가운데 또 다음과 같은 논자들이 있으니,

제1은 '외교론'이니, 이조 5백 년 문약 정치(文弱政治)가 외교로써 호국의 좋은 계책으로 삼아 더욱 그 말세에 대단히 심하여 갑신(甲申) 이래 유신랑(維新黨)·수구당(守舊黨)의 성쇠가 거의 외원의 도움의 유무에서 판결되며, 위정자의 정책은 오직 갑국을 끌어당겨 을국을 제압함에 불과하였고, 그 믿고 의지하는 습성이 일반 정치사회에 전염되어 즉 갑오·갑신 양 전역에 일본이 수십만 명의 생명과 수억만의 재산을 희생하여 청·노 양국을 물리고, 조선에 대하여 강도적 침략주의를 관철하려 하는데 우리 조선의 '조국을 사랑한다. 민족을 건지려 한다.'하는 이들은 일검 일단으로 어리석고 용렬하며 탐욕스러운 관리나 국적(國賊)에게 던지지 못하고, 탄원서나 열국 공관(列國公

館)에 던지며, 청원서나 일본 정부에 보내어 국세(國勢)의 외롭고 약함을 애소(哀訴)하여 국가 존망·민족 사활의 대 문제를 외국인 심지어 적국인(敵國人)의 처분으로 결정하기만 기다리었도다.

그래서 〈을사조약〉, 〈경술합병〉-곧 〈조선〉이란 이름이 생긴 뒤 몇천 년 만에 처음 당하던 치욕에 대한 조선 민족의 분노적 표시가 겨우 하얼빈의 총, 종로의 칼, 산림 유생의 의병이 되고 말았도다. 아! 과거 수십 년 역사야말로 용기 있는 자로 보면 침을 뱉고 욕할 역사가 될 뿐이며, 어진 자로 보면 상심할 역사가 될 뿐이다. 그러고도 국망 이후 해외로 나가는 모모 지사들의 사상이, 무엇보다도 먼저 외교가 그 제1장 제1조가 되며, 국내 인민의 독립운동을 선동하는 방법도 '미래의 일미 전쟁(日美戰爭)·일로 전쟁 등 기회'가 거의 천편일률의 문장이었고, 최근 3·1운동의 일반 인사의 〈평화회의〉, 〈국제연맹〉에 대한 과신의 선전이 도리어 2천만 민중의 용기 있게 힘써 앞으로 나아가는 의기를 없애는 매개가 될 뿐이었도다.

제2는 '준비론'이니, 을사조약의 당시에 열국 공관에 빗

발 돋듯 하던 종이쪽지로 넘어가는 국권을 붙잡지 못하며, 정미년의 헤이그 밀사도 독립 회복의 복음을 안고 오지 못하매, 이에 차차 외교에 대하여 의문이 되고 전쟁이 아니면 안 되겠다는 판단이 생기었다. 그러나 군인도 없고 무기도 없이 무엇으로써 전쟁하겠느냐? 산림 유생들은 춘추대의에 성패를 생각지 않고 의병을 모집하여 아관대어로 지휘의 대장이 되며, 사냥 포수의 총 든 무리를 몰아 가지고 조일전쟁(朝日戰爭)의 전투선에 나섰지만, 신문 쪽이나 본 이들ㅡ곧 시세를 짐작한다는 이들은 그리할 용기가 아니 난다. 이에 '금일 금시로 곧 일본과 전쟁한다는 것은 망발이다. 총도 장만하고, 돈도 장만하고, 대포도 장만하고, 장관이나 사졸감까지라도 다 장만한 뒤에야 일본과 전쟁한다.' 함이니, 이것이 이른바 준비론 곧 독립전쟁을 준비하자 함이다. 외세의 침입이 더할수록 우리의 부족한 것이 자꾸 감각되어, 그 준비론의 범위가 전쟁 이외까지 확장되어 교육도 진흥해야겠다, 상공업도 발전해야겠다, 기타 무엇무엇 일체가 모두 준비론의 부분이 되었다.

경술 이후 각 지사들이 혹 서·북간도의 삼림을 더듬으며, 혹 시베리아의 찬바람에 배부르며, 혹 남·북경으로 돌아다니며, 혹 미주나 하와이로 돌아가며, 혹 경향(京鄕)에 출몰하여 십여 년 내외 각지에서 목이 터질 만치 '준비! 준비!'를 불렀지만, 그 소득이 몇 개 불완전한 학교와 실력이 없는 단체뿐이었다. 그러나 그들의 성의의 부족이 아니라 실은 그 주장의 착오이다.

강도 일본이 정치·경제 양 방면으로 구박을 주어 경제가 날로 곤란하고 생산기관이 전부 박탈되어 입고 먹을 방책도 단절되는 때에, 무엇으로 어떻게 실업을 발전하며, 교육을 확장하며, 더구나 어디서 얼마나 군인을 양성하며, 양성한들 일본 전투력의 백분의 일의 비교라도 되게 할 수 있느냐? 실로 한바탕의 잠꼬대가 될 뿐이로다.

이상의 이유에 의하여 우리는 〈외교〉, 〈준비〉 등의 미몽을 버리고 민중 직접 혁명의 수단을 취함을 선언하노라.

4. 조선 민족의 생존을 유지하자면, 강도 일본을 쫓아내

어야 할 것이며, 강도 일본을 쫓아내려면 오직 혁명으로써 할 뿐이니, 혁명이 아니고는 강도 일본을 쫓아낼 방법이 없는 바이다. 그러나 우리가 혁명에 종사하려면 어느 방면부터 착수하겠는가? 구시대의 혁명으로 말하면, 인민은 국가의 노예가 되고 그 위에 인민을 지배하는 상전 곧 특수 세력이 있어 그 소위 혁명이란 것은 특수 세력의 명칭을 변경함에 불과하였다. 다시 말하면 곧 〈을〉의 특수 세력으로 〈갑〉의 특수 세력을 변경함에 불과하였다. 그러므로 인민은 혁명에 대하여 다만 갑·을 양 세력 곧 신·구 양 상전의 누가 더 어질며, 누가 더 포악하며, 누가 더 선하며, 누가 더 악한가를 보아 그 향배를 정할 뿐이요, 직접의 관계가 없었다. 그리하여 '임금의 목을 베어 백성을 위로한다.'가 혁명의 유일한 취지가 되고 '한 도시락의 밥과 한 종지의 장으로서 임금의 군대를 맞아들인다.'가 혁명사의 유일 미담이 되었거니와, 금일 혁명으로 말하면 민중이 곧 민중 자기를 위하여 하는 혁명인 고로 〈민중 혁명〉이라 〈직접 혁명〉이라 칭함이며, 민중 직접의 혁명인 고로 그 비등·팽창의 열도가 숫자상 강약 비교의 관넘을 타파하며, 그 결과의 성패가 매양 전쟁한 상의 정해진 판단에서 이탈하여 돈 없고 군대 없는 민중으로 백만의 군대와 억만의 부력(富力)을 가진 제왕도 타도하며 외국의 도적들도 쫓아내니, 그러므로 우리 혁명의 제일보는 민중 각오의 요구니라.

민중이 어떻게 각오하는기?

민중은 신인이나 성인이나 어떤 영웅호걸이 있어 〈민중을 각오〉하도록 지도하는 데서 각오하는 것도 아니요, '민중아, 각오하자!', '민중이여, 각오하여라!' 그런 열렬한 부르짖음의 소리에서 각오하는 것도 아니다. 오직 민중이 민중을 위하여 일체 불평·부자연·불합리한 민중 향상의 장애부터 먼저 타파함이 곧 〈민중을 각오케〉하는 유일한 방법이니, 다시 말하자면 곧 먼저 깨달은 민중이 민중의 전체를 위하여 혁명적 선구가 됨이 민중 각오의 첫째 길이다.

일반 민중이 배고픔, 추위, 피곤, 고통, 처의 울부짖음, 어린애의 울음, 납세의 독촉, 사채의 재촉, 행동의 부자유, 모든 압박에 졸리어 살려니 살 수 없고 죽으려 하여도 죽을 바를 모르는 판에, 만일 그 압박의 주인 되는 강도정치의 시설자인 강도들을 때려누이고, 강도의 일체 시설을 파괴하고, 복음이 사해(四海)에 전하여 뭇 민중이 동정의 눈물을 뿌리어, 이에 사람마다 그 〈아사(餓死)〉 이외에 오히려 혁명이란 일로가 남아 있음을 깨달아, 용기 있는 자는 그 의분에 못 이기어, 약자는 그 고통에 못 견디어, 모두 이 길로 모여들어 계속적으로 진행하며 보편적으로 전염하여 거국일치의 대혁명이 되면, 간활 잔포한 강도 일본이 필경 쫓겨 나가는 날이리라.

그러므로 우리의 민중을 깨우쳐 강도의 통치를 타도하고 우리 민족의 신생명을 개척하자면 양병 10만이 폭탄을 한 번 던진 것만 못하며 억천 장 신문 잡지가 일회 폭동만 못할지니라. 민중의 폭력적 혁명이 발생치 아니하면 그만이거니와, 이미 발생한 이상에는 마치 낭떠러지에서 굴리는 돌과 같아서 목적지에 도달하지 아니하면 정지하지 않는 것이다. 우리의 경험으로 말하면 갑신정변은 특수 세력이 특수 세력과 싸우던 궁궐 안 한 때의 활극이 될 뿐이며, 경술 전후의 의병들은 충군 애국의 대의로 분격하여 일어난 독서 계급의 사상이며, 안중근·이재명 등 열사의 폭력적 행동이 열렬하였지만 그 후면에 민중적 역량의 기초가 없었으며, 3·1운동의 만세 소리에 민중적 일치의 의기가 언뜻 보였지만 또한 폭력적 중심을 가지지 못하였도다. 〈민중·폭력〉 양자의 그 하나만 빠지면 비록 천지를 뒤흔드는 소리를 내며 장렬한 거동이라도 또한 번개같이 수그러지는도다.

조선 안에 강도 일본이 제조한 혁명 원인이 산같이 쌓였다. 언제든지 민중의 폭력적 혁명이 개시되어 '독립을 못 하면 살지 않으리라.', '일본을 쫓아내지 못하면 물러서지 않으리라.'라는 구호를 가지고 계속 전진하면 목적을 관철하고야 말지니, 이는 경찰의 칼이나 군대의 총이나 간활한 정치가의 수단으로도 막지 못하리라. 혁명의 기록은 자연히 처절하고 씩씩한 기록이 되리라. 그러나 물러서면 그 후면에는 어두운 함정이요, 나아가면 그 전면에는 광명한 활기이니, 우리 조선 민족은 그 처절하고 씩씩한 기록을 그리면서 나아갈 뿐이니라.

이제 폭력-암살·파괴·폭동-의 목적물을 열거하건대,

1) 조선 총독 및 각 관공리

2) 일본 천황 및 각 관공리

3) 정탐꾼·매국적

4) 적의 일체 시설물

이외에 각 지방의 신사나 부호가 비록 현저히 혁명운동을 방해한 죄가 없을지라도 만일 언어 혹 행동으로 우리의 운동을 지연시키고 중상하는 자는 우리의 폭력으로써 마주할지니라. 일본인 이주민은 일본 강도정치의 기계가 되어 조선 민족의 생존을 위협하는 선봉이 되어 있은즉 또한 우리의 폭력으로 쫓아낼지니라.

5. 혁명의 길은 파괴부터 개척할지니라. 그러나 파괴만 하려고 파괴하는 것이 아니라 건설하려고 파괴하는 것이니, 만일 건설할 줄을 모르면 파괴할 줄도 모를지며, 파괴할 줄을 모르면 건설할 줄도 모를지니라. 건설과 파괴가 다만 형식상에서 보아 구별될 뿐이요, 정신상에서는 파괴가 곧 건설이니 이를테면 우리가 일본 세력을 파괴하려는 것이 제1은, 이족(異族) 통치를 파괴하자 함이다. 왜? 〈조

선〉이라는 그 위에 〈일본〉이라는 이민족 그것이 전제(專制)하여 있으니, 이족 전제의 밑에 있는 조선은 고유적 조선이 아니니, 고유적 조선을 발견하기 위하여 이족 통치를 파괴함이니라.

제2는, 특권계급을 파괴하자 함이다. 왜? 〈조선 민중〉이라는 그 위에 총독이니 무엇이니 하는 강도단의 특권계급이 압박하여 있으니, 특권계급의 압박 밑에 있는 조선 민중은 자유적 조선 민중이 아니니, 자유적 조선 민중을 발견하기 위하여 특권계급을 타파함이니라.

제3은, 경제 약탈 제도를 파괴하자 함이다. 왜? 약탈 제도 밑에 있는 경제는 민중 자기가 생활하기 위하여 조직한 경제니, 민중 생활을 발전하기 위하여 경제 약탈 제도를 파괴함이니라.

제4는, 사회적 불평균을 파괴하자 함이다. 왜? 약자 위에 강자가 있고 천한 자 위에 귀한 자가 있어 모든 불평등을 가진 사회는 서로 약탈, 서로 박탈, 서로 질투·원수시하는 사회가 되어, 처음에는 소수의 행복을 위하여 다수의 민중을 해치다가 말경에는 또 소수끼리 서로 해치어 민중 전체의 행복이 필경 숫자상의 공(空)이 되고 말 뿐이니, 민중 전체의 행복을 증진하기 위하여 사회적 불평등을 파괴함이니라.

제5는, 노예적 문화 사상을 파괴하자 함이다. 왜? 전통적 문화 사상의 종교·윤리·문학·미술·풍속·습관 그 어느 무엇이 강자가 제조하여 강자를 옹호하던 것이 아니더냐? 강자의 오락에 이바지하던 도구가 아니더냐? 일반 민중을 노예화하게 했던 마취제가 아니더냐? 소수 계급은 강자가 되고 다수 민중은 도리어 약자가 되어 불의의 압제를 반항치 못함은 전혀 노예적 문화사상의 속박을 받은 까닭이니, 만일 민중적 문화를 제창하여 그 속박의 철쇄를 끊지 아니하면, 일반 민중은 권리 사상이 박약하며 자유 향상의 흥미가 결핍하여 노예의 운명 속에서 윤회할 뿐이다. 그러므로 민중문화를 제창하기 위하여 노예적 문화 사상을 파괴함이니라.

다시 말하자면 〈고유적 조선의〉, 〈자유적 조선 민중의〉, 〈민중적 경제의〉, 〈민중적 사회의〉, 〈민중적 문화의〉 조선을 건설하기 위하여 〈이족 통치의〉, 〈약탈 제도의〉, 〈사회적 불평등의〉, 〈노예적 문화 사상의〉 현상을 타파함이니라. 그런즉 파괴적 정신이 곧 건설적 주장이라. 나아가면 파괴의 〈칼〉이 되고 들어오면 건설의 〈깃발〉이 될지니, 파괴할 기백은 없고 건설하고자 하는 어리석은 생각만 있다 하면 5백 년을 경과하여도 혁명의 꿈도 꾸어 보지 못할지니라.

이제 파괴와 건설이 하나요, 둘이 아닌 줄 알진대, 민중적 파괴 앞에는 반드시 민중적 건설이 있는 줄 알진대, 현재 조선 민중은 오직 민중적 폭력으로 신조선(新朝鮮) 건설의 장애인 강도 일본 세력을 파괴할 것뿐인 줄을 알진대, 조선 민중이 한편이 되고 일본 강도가 한편이 되어, 네가 망하지 아니하면 내가 망하게 된 〈외나무다리 위〉에 선 줄을 알진대, 우리 2천만 민중은 일치로 폭력 파괴의 길로 나아갈지니라

민중은 우리 혁명의 대본영(大本營)이다. 폭력은 우리 혁명의 유일 무기이다.

우리는 민중 속에 가서 민중과 손을 잡고 끊임없는 폭력-암살·파괴·폭동으로써, 강도 일본의 통치를 타도하고,

우리 생활에 불합리한 일체 제도를 개조하여, 인류로서 인류를 압박치 못하며, 사회로써 사회를 수탈하지 못하는 이상적 조선을 건설할지니라.

1923년 1월

의열단(義烈團)

9부

내 문장은
횃불로 전해지리라

뤼순 감옥의 신채호

내 문장은 횃불로 전해지리라

　폭발은 늘 소리보다 먼저 적막을 남긴다. 「조선혁명선언」이 전달된 뒤로 나는 글에 대한 아무 소식도 듣지 못했다. 어떤 찬반도 비난도 박수도 없었다. 그 침묵 속에서 나는 알았다. 글은 이미 내 손을 떠났다는 사실을. 오직 싸늘한 고요만 내 주변을 휘감았다.

　문장은 공식적으로 전달되지 않았다. 신문의 지면이 아니라 사람의 손에서 손으로, 눈에서 눈으로 옮겨 다녔다. 찢긴 종이, 급히 베껴 쓴 문장, 기억으로 외워진 구절들. 문장은 완전한 형태가 아니라 불씨의 형태로 살아남았다. 이것이 글의 전달 방식이었다.

어느 날 나는 한 사람의 얼굴을 보았다. 그는 아무 말도 하지 않았으나 눈빛만으로 이미 충분히 말하고 있었다. 그는 이 글을 읽은 사람이었다. 그 순간 나는 처음으로 이 글이 '읽혔다.'라는 사실을 몸으로 느꼈다. 그의 얼굴에 그것이 나타나 있었다.

문장은 읽히는 순간 다시 태어난다. 누군가는 내 문장을 조금 바꾸어 말했고, 누군가는 자신의 분노를 보태었다. 그 변화는 훼손이 아니었다. 문장이 살아 있다는 증거였다. 나는 더 이상 문장의 주인이 아니었다. 문장은 필요한 곳으로 스스로 가고 있었다. 그것이 완전히 변화된 문장의 모습이다.

횃불은 하나의 불꽃으로 세상을 밝히지 않는다. 그러나 다음 불꽃을 부르고 또 다른 손으로 옮겨붙으며 어둠을 조금씩 밀어낸다. 내 문장은 그런 횃불이기를 바랐다. 모두를 태우는 불이 아니라 길을 보여 주는 불.

이제 두려움은 내 것이 아니었다. 문장을 쥔 사람들, 그 문장을 다음 사람에게 건네는 손들이 각자의 두려움을 짊어지고 있었다. 그 사실이 나를 무겁게 하지 않았다. 오히려 이 길이 혼자의 길이 아님을 알게 해 주었다. 내 두려움은 다른 모습을 하고 저의 갈 길을 갔다.

나는 점점 보이지 않는 사람이 되어 갔다. 그러나 문장은 점점 더 여러 곳에서 불렸다. 이상하게도 그러한 역전 속에서 나는 비로소 안심할 수 있었다. 사람이 사라져도 문장은 남는다는 것. 폭탄이 된 문장 속에서 나는 사라졌다. 마땅히 사라져야만 했다. 나는 문장을 불렀고, 그 문장은 활활 타는 횃불이 되었다. 이제 그 불빛은 나를 비추지 않는다. 오직 앞서 걷는 사람들의 등을 비출 뿐이다. 문장은 세상에 전해졌고, 그러한 사실만으로 이미 다음 길을 만들고 있었다.

선언 이후 세상은 빠르게 반응했다. 예상보다 빠르지도 느리지도 않았다. 권력은 늘 그렇다. 의미보다 질서를 먼저 위협으로 인식한다. 우리를 부르는 이름은 점점 단순해졌다.

사상은 지워지고 행동만 남았다. 누가 무엇을 왜 했는지는 중요하지 않았다. 중요한 것은 누가 질서를 흔들고 있는가였다. 그 질문에 답이 정해지는 순간 추적은 이미 시작된 것이나 다름없었다.

움직임의 반경은 좁아졌다. 한 번 쓰던 길을 두 번 쓰지 않았고 같은 얼굴을 같은 자리에서 다시 만나지 않았다. 익숙함은 위험의 다른 이름이 되었다. 우리는 습관을 하나씩 버렸다. 그 과정에서 삶의 많은 부분도 함께 버려졌다.

일본의 대응은 노골적이기보다 체계적이었다. 한 번에 조여 오지 않고 조금씩, 그러나 끊임없이 압박했다. 신문은 조용해졌고 소문은 늘어났다. 확인되지 않은 이야기들이 공포보다 먼저 퍼져 나갔다. 그 또한 계산된 움직임이었다.

우리를 쫓는 것은 사람만이 아니었다. 시간도 적이 되었다. 하루가 지날수록 선택지는 줄어들었고 망설임의 비용은 커졌다. 우리는 속도를 다시 조정해야 했다. 빠르되 성급하지 않게, 조심하되 멈추지 않게. 조직 안에서도 말수가 더 줄었다. 정보는 필요한 만큼만 공유되었고 불필요한 연대는 정리되었다. 차갑다고 느껴질 만큼의 정리가 오히려 우리를 살렸다. 이 시기, 감정은 가장 위험한 사치였다.

이 글을 읽고 가만히 넘길 수 없었던 한 사람이 있었다. 그는 의열단의 지도자 약산 김원봉이다. 선 채로 글의 전문을 다 읽은 약산의 손은 부르르 떨렸다. 절대로 웃지 않는 그의 입가에 엷은 미소가 서렸다. 그는 나에게 다가와 두 손을 맞쥐더니 가슴을 껴안았다.

"단재 선생님! 이 글은 우리가 진정 바라던 최고의 폭탄입니다. 제가 요청했던 바로 그 '문장으로 빚어낸 폭탄'입니다."

김원봉은 이 글을 단지 선언으로만 읽지 않았다. 전술로, 규율로, 그리고 앞으로의 전략 전술로 읽었다. 김원봉은 단원들 앞에서 짧게 말했다.

"이 글은 그냥 읽고 덮을 것이 아니다."

그는 명령했다. 모든 단원은 이 선언을 정독한 뒤 반드시 몸에 지니고 다닐 것을. 총보다 먼저 폭탄보다 먼저 이 글을 몸에 품을 것. 이 문장은 사상을 설명하는 글이 아니라 왜 싸우는지를 잊지 않게 하는 기준이었기 때문이다. 그 명령 뒤로 이 글의 자리는 완전히 바뀌었다. 신문도 아니고 전단도 아니며 감상의 대상도 아니었다. 이 선언은 의열단원의 은밀한 주머니 속에서 다음 행동을 결정하는 내적 명령이 되었다. 문장은 읽히는 것을 넘어 휴대하는 필수품이 되었다.

나는 그 이야기를 뒤늦게 전해 듣고, 그 순간 확신했다. 이 글은 이미 나의 글이 아니라는 것을. 누군가의 결단 내부로 완전히 들어갔다는 것을. 문장이 사람의 몸 가까이에서 숨 쉬고 있다는 사실을. 그보다 더 정확한 전달은 없었다.

의열단원의 첫 체포 소식이 들려왔을 때 우리는 별반 놀라지 않았다. 놀라지 않기 위해 이미 수없이 그 장면을 상상해 왔기 때문이다. 그러나 상상과 현실은 달랐다. 이름이 불리고 사람이 사라지는 순간 공기는 확실히 달라졌다. 이 싸움이 생각의 차원이 아니라 몸의 문제로 넘어왔음을 누구도 부정할 수 없게 되었다. 나는 그날 오래 침묵했다. 말을 고르기 위해서가 아니라, 말이 필요 없다는 사실을 확인하기 위해서였다. 지금 필요한 것은 위로도, 분노도 아니었다. 필요한 것은 다음 움직임이었다.

언제부터인가 조선의 말들은 낮아져 있었다. 강도 일본의 침탈 이후로 우리는 작아졌고, 그것을 당연하게 여겼다. 큰 나라, 작은 나라라는 말이 아무렇지 않게 오갔고, 힘의 크기가 곧 권리의 크기라는 논리가 말 속에 스며들었다. 나는 그 말들이 결국 사람의 등을 굽게 만든다고 느꼈다. 생각이 굽으면 나라는 똑바로 설 수 없다. 그래서 나는 말을 바로 세우는 일이 필요하다고 믿게 되었다. 새로운 제도를 만들기 전에, 새로운 무기를 들기 전에, 먼저 말이 바로 서야 했다. 말이 바로 서지 않은 혁명은 오래가지 못한다. 말이 흐트러진 독립은 다시 예속으로 돌아가기 쉽다.

그때부터 글은 분명한 목적을 갖게 되었다. 아름답게 쓰기 위해서가 아니라 분명하게 쓰기 위해서. 사람들이 더 이상 '어쩔 수 없다.'라는 말 뒤에 숨지 않도록 다른 말을 건네기 위해서였다. 글을 쓰기 시작하자 더 이상 안쪽에 머물 수 없었다.

글을 쓰는 일은 생각을 정리하게 해 주었다. 그러나 동시에 그 생각을 세상 밖으로 드러내는 일이기도 했다. 한

번 글로 발표된 생각은 다시 거둘 수 없었다. 말이 되었고 문장이 되었으며 누군가에게 읽히기 시작했기 때문이다. 그리고 읽히는 순간 그 생각은 더 이상 나 혼자만의 것이 아니게 되었다.

사람들의 반응은 서로 달랐다. 조심하라는 말도 있었고, 고맙다는 말도 있었으며, 지나치다는 비판도 들려왔다. 나는 그 모든 반응에서 완전히 자유로울 수 없었다. 그러나 한 가지 사실만은 분명하게 느껴졌다. 아무 말도 하지 않고 침묵하는 것보다는 내 말에 책임을 지는 편이 낫다는 것이었다.

책임이 두려워서 말하지 않으면 두려움은 오히려 더 커진다. 그래서 나는 글쓰기를 멈출 수 없었다. 글을 쓴다는 일 자체가 이미 하나의 선택이었기 때문이다.

편안한 학자의 길에 머물 것인가, 불편한 시대의 가장자리에 설 것인가. 나는 오래 망설이지 않았다. 불편함은 적어도 나를 잠들게 하지는 않으리라 여겼기 때문이다. 잠든 양심보다 깨어 있는 불안이 더 건강하다고 믿었다.

결국 나는 갇혔다. 몸은 벽 안에 있었으나 생각은 그렇지 않았다. 감옥은 움직임을 제한했지만, 생각의 방향까지 통제하지는 못했다. 오히려 고요 속에서 생각은 더 또 렷해졌다. 불필요한 소음이 사라지자, 질문은 더 날카로운 형태로 돌아왔다. 감옥에서의 시간은 느리게 흘렀다. 그러나 그 느림 속에서 나는 사유의 속도를 다시 배웠다. 급하게 결론을 내릴 필요가 없었다. 오히려 오래 생각할 수 있다는 사실이 하나의 자유처럼 느껴졌다. 자유는 공간의 문제가 아니라 태도의 문제라는 생각이 그때 처음으로 또렷해졌다.

나는 다시 기록하기 시작했다. 내가 무엇을 잘못했는지가 아니라, 이 나라가 어디서부터 잘못 놓였는지를. 개인의 죄보다 구조의 병을 보려 했다. 그 병은 나 하나를 가둔다고 치유되지 않을 것이 분명했기 때문이다. 감옥을 나서는 나는 이전의 내가 아니었다. 확신은 더 단단해졌고 돌아갈 길은 사라졌다. 돌아갈 길이 없다는 사실은 두려웠으나, 동시에 나를 가볍게 만들었다. 잃을 것이 줄어들면 사람은 오히려 더 멀리 간다.

나는 더 이상 나 자신만을 위해 글을 쓰지 않았다. 글은 점점 더 무거운 책임을 지게 되었다. 그러나 그 책임을 피하지 않기로 했다. 누군가는 해야 할 말을 해야 했고, 누군가는 기록해야 할 일을 기록해야 했다. 그 역할이 나에게 돌아온다면 그것을 받아들이기로 했다.

나는 신채호다. 그러나 이 이름은 이제 한 개인의 이름에 머물지 않는다. 나라의 현실을 외면하지 않으려는 태도이며 역사를 자신의 힘으로 해석하려는 생각을 뜻한다. 나는 완성된 사람이 아니다. 다만 물러서지 않겠다고 선택한 사람일 뿐이다.

이 선택이 나를 어디로 이끌지는 나 역시 알 수 없다. 그러나 한 가지는 분명하다. 말하지 못하는 나라는 오래 버티지 못하고, 자신의 역사를 기록하지 않는 민족은 결국 다른 나라가 써 준 역사 속에 남게 된다는 사실이다. 그래서 나는 계속 쓸 것이다. 글로 현실을 기록하고 생각을 남기는 일이 다음 시대의 싸움을 준비하는 길이라고 믿기 때문이다.

망명이라는 단어가 더 이상 먼 이야기로 들리지 않았다. 그 말은 얼핏 도피로 오해되기 쉬웠지만, 실상은 전장의 이동에 가까웠다. 여기서 할 수 없는 일을 다른 자리에서 이어 가기 위한 선택. 나는 그 가능성을 구체적으로 계산하기 시작했다. 추적은 우리를 흩어 놓으려 했지만, 아이러니하게도 각자의 선택을 더 또렷하게 만들었다.

누가 남을 것인지, 누가 떠날 것인지, 누가 연결을 유지할 것인지. 이제 그 선택은 말이 아니라 행동으로만 증명될 수 있었다. 나는 알았다. 이제부터는 실패의 여지도, 낭만의 공간도 거의 남아 있지 않다는 것을. 그러나 동시에 이 싸움이 이만큼이나 현실화되었다는 사실이 오히려 나를 단단하게 만들었다. 역사는 언제나 결정적인 순간에 속도를 요구한다. 지금이 바로 그 순간이었다.

더 늦으면 우리는 선택을 잃고, 더 빠르면 우리는 서로를 잃을 수 있었다. 그 미세한 간격 위에서 우리는 걸어야 했다. 추적은 끝나지 않을 것이었다. 그러나 추적이 있다는 사실은 내가 선택한 이 길이 틀리지 않았다는 증거이기도 했다. 나는 그 사실을 조용히 받아들였다.

이제 남은 시간은 짧지 않을 수도, 아주 짧을 수도 있었다. 그러나 분명한 것은 하나였다. 이 싸움은 되돌아갈 수 있는 지점을 이미 넘어섰다는 것.

글을 쓸 때 나는 문장보다 먼저 주변을 살폈다. 창문과 문, 복도 끝까지 눈으로 확인했다. 혹시 이 문장이 누군가의 귀에 들어가지는 않을지, 혹시 이 생각이 내일의 위험이 되지는 않을지 늘 걱정했기 때문이다. 생각을 숨긴다는 것은 단순히 말을 아끼는 일이 아니었다. 생각이 생기기 전에 스스로 검열하는 일이었다. 그 습관이 무엇보다 견디기 어려웠다.

잠들기 직전이 되면 여러 가지 질문이 한꺼번에 떠올랐다.

지금의 이 생각을 기록해도 되는가?

이 문장은 어디까지 써도 되는가?

이 판단은 결국 나를 어디로 이끌게 될 것인가?

그러한 질문들은 누군가가 밖에서 던지는 것이 아니었다. 이미 내 안에 들어와 내 목소리로 되풀이되는 질문들이었다. 나는 늘 누군가에게 쫓기고 있는 것처럼 살았지만, 그러한 두려움은 점점 내 안에서 스스로 감시하는 마음으로 바뀌어 갔다.

그럼에도 나는 멈추지 않았다. 생각을 멈추는 순간 더 이상 나 자신으로 살 수 없다고 느꼈기 때문이다. 쫓기고 있다는 사실보다 더 두려운 것은 스스로 생각하기를 포기하는 것이었다. 그래서 나는 불안한 마음을 안은 채 계속 생각했다. 불안이야말로 생각을 멈추지 않게 만드는 힘이라고 여겼기 때문이다.

어느 날 동지와 잠깐 만났을 때 그가 이렇게 말했다.

"당신은 너무 많이 생각하고 있습니다."

나는 그 말에 고개를 끄덕이지 않았다. 그에게는 설명할 수 없었기 때문이다. 나는 생각을 많이 하는 것이 아니라, 생각이 나를 놓아주지 않는 상태에 있었다.

나는 알게 되었다. 생각도 도망칠 수 있어야 한다는 것을. 한 자리에 오래 머무는 생각은 붙잡히기 쉽다. 그래서 나는 생각을 옮겼다. 지명을 바꾸고 경로를 바꾸며 사람을 바꾸듯 사유의 자리도 바꾸었다. 생각은 끊임없이 도주하면서 그렇게 살아남았다. 쫓긴다는 생각은 사람을 매우 고독하게 만든다. 그 누구에게도 자신을 온전히 털어놓을 수 없기 때문이다. 그러나 고독 속에서 나는 오히려 생각의 핵심에 더 가까워졌다. 군더더기가 사라지고 말이 줄어들면서 남은 것은 결코 포기할 수 없는 것뿐이었다. 이것은 내가 이룩한 고독의 깊이였다.

일찍이 나는 「천희당시화(天喜堂詩話)」라는 제목의 평론을 〈대한매일신보〉 지면에 발표했다. 1909년이었으리라. 이 글에서 위기의 시대에 시가 변화를 선도해야 한다는 주장을 펼쳤다. 여기서 '국시(國詩)'란 변혁의 과정을 거친 이후의 시 작품을 말한다. 민족시로 읽어도 좋을 것이다. 무엇을 시로 인정할 것인가. 기교와 언롱(言弄)에 빠져 있는 당대 시단의 낙후한 꼴을 비판하고 진정 나라와 겨레를 위한 시를 양산해야 한다는 필연성을 강조했다.

이것은 내가 늘 주장해 온 가치 기준을 엄정하게 세우기 위해서였다. 이 평론 작품을 통해 묻고자 한 것은 기교의 문제가 아니었다. 시가 과연 지금의 당대 현실을 충실히 반영하고 있는가의 문제였다. 아름다움이 현실과 무관해지는 순간, 문학은 장식이 되고 만다. 나는 장식이 되어 버린 문학을 비판한 것이다.

그로부터 20년의 세월이 흘러 1929년, 그간 〈동아일보〉에 연재되던 글이 『조선사연구초』라는 제목의 책으로 경성에서 출판되었다. 동지들이 힘을 모아 이를 주선한 것이다. 내가 이 글을 오래도록 연재한 것은 조금씩 지급되는 원고료를 모아서 동지들이 경성의 아내에게 전달했기 때문이다. 얼마 되지 않는 돈이시만 아내가 혼자서 아이를 돌보며 살아가는 일에 작은 도움이라도 될 수 있을 것이라는 기대감 때문이었다.

이 책에는 내가 쓴 여섯 편의 논문이 모두 실려 있다. 그 가운데서 맨 마지막 논문의 제목은 「조선역사상 일천년래 제일대사건(朝鮮歷史上一千年來第一大事件)」이다. 우리 사상사의 두 가닥인 보수 사상과 진취 사상이 두 갈래로 나뉜 것은 고려 말 묘청과 김부식의 대결에서 비롯되었고, 낭가(郎家)의 대표였던 묘청이 김부식에게 패한 것으로 진취 사상의 싹은 소멸하였다고 해설했다. 이 대목은 다수의 사람에게서 날카로운 반응을 일으켰다. 문제가 되었던 그 부분만 뽑아서 보기로 하자.

민족의 성쇠(盛衰)는 매양 그 사상의 추향(趨向) 여하에 달린 것이며. 사상 추향의 혹좌혹우(或左或右)는 매양 모종 사건의 영향을 입는 것이다. 그러면 조선 근세에 종교나 학술이나 정치나 풍속이 사대주의의 노예가 됨이 무슨 사건에 원인 함인가. (중략) 무슨 사건이 전술한 종교, 학술, 정치, 풍속 각 방면에 노예성(奴隷性)을 산출하였는가. 나는 일언으로 회답하여 가로되 고려 인종 13년 서경(西京) 전역(戰役), 즉 묘청(妙淸)이 김부식(金富軾)에게 패함이 그 원인이라 한다. (중략) 그 실상은 이 전역(戰役)이 즉 낭(郎) 불(佛) 양가(兩家) 대 유가(儒家)의 싸움이며, 독립당 대 사대당(事大黨)의 싸움이며, 진취 사상 대 보수 사상의 싸움이니 묘청은 곧 전자(前者)의 대표요, 김부식은 곧 후자(後者)의 대표였던 것이다.

10 부

꺼지지 않는 불꽃

뤼순 감옥의 신채호

꺼지지 않는 불꽃

지금 나는 감옥에 갇혀 있다. 혁명은 몸으로 실천하는 것이라, 그 길의 끝에서 내 몸은 영어(囹圄)의 처지가 되었다. 뤼순 옥중의 차디찬 시멘트 바닥에 누워 지난 격정의 시간을 하나씩 돌아다본다. 그것들은 제각기 하나씩의 스크린이 되어 감방의 벽에 활동사진처럼 스쳐 지나간다. 나의 길에서 만났던 인물들 실루엣도 혼자 조용히 떠올려 본다. 나는 사람을 섣불리 평가하려 하지 않았다. 그들이 어디에 서 있었는지, 무엇을 선택했고 무엇을 유예했는지를 보려 했다. 동시대를 산다는 것은 단지 같은 시간을 사는 일이 아니다. 그것은 같은 질문 앞에 서는 일이다. 남기는 기준. 나는 사람을 남기려 하지 않았다. 오직 판단의 좌표를 남기려 했다.

주체는 내부에 있는가? 위험은 공평하게 나뉘는가? 실패를 운명으로 포장하지는 않는가? 말보다 기록이 남는가? 이 기준을 통과하면 길이 달라도 함께 건넜다. 통과하지 못하면 존중하되 거리를 두었다. 사람은 사라진다. 그러나 기준은 남는다. 나는 그 누구와도 함께할 수 있었으나 누구와도 끝까지 같을 수는 없었다. 나는 사람을 버린 게 아니라 자기 생각을 끝내 버리지 않은 것이다.

먼저 박은식(朴殷植. 1859~1925년) 선생이 떠오른다. 아호가 백암(白巖)인 선생께서는 황해도 황주에서 태어나셨다. 〈황성신문〉, 〈서북학회월보〉 주필로 활동을 시작했다. 동제사와 박달학원을 설립했으며 대동보국단 단장을 지냈다. 이순신, 안중근, 이준 등의 전기를 썼고, 역사서로는 『한국통사(韓國痛史)』 『한국독립운동지혈사(韓國獨立運動之血史)』 등을 발간했다. 그 밖에도 『동명성왕(東明聖王) 실기(實記)』, 『발해태조건국지(渤海太祖建國誌)』, 『몽배금태조(夢拜金太祖)』, 『명림답부전(明臨

笞夫傳)』, 『천개소문전(泉蓋蘇文傳)』, 『대동고대사론(大東古代史論)』등을 저술·출판했다. 상하이에서 〈독립신문〉 사장과 대한민국 임시 정부의 제2대 대통령을 지냈다. 내 활동의 발자취는 백암 선생이 걸어간 길과 같다. 선생은 나보다 무려 21년이나 연상이라서 거의 아버지뻘이다. 하지만 우리는 관점이나 사상도 닮은꼴이었다. 선생은 여러 조직과 임시 정부에서 나를 특히 살뜰히 여기셨다.

다음으로는 장지연(張志淵, 1864~1921년) 선생이다. 아호는 위암(韋庵)으로 경상도 상주 사람이다. 애국 계몽 운동 초기의 언론을 이끈 선배다. 〈황성신문〉 주필로 을사늑약을 규탄하는 사설로 유명해진 분이다. 그는 나보다 16년 연상이다. 충북 청원의 처가를 다니러 오셨다가 내 고향 집을 일부러 찾아와 나를 특별히 초빙했다. 그의 추천으로 나는 언론계에 발을 들여놓았다. 〈황성신문〉과 〈대한매일신보〉는 그가 펼쳐 준 나의 활동 터전이었다. 그의 문장이 가졌던 힘을 기억했으나, 시대는 그보다 먼저 바뀌었다. 선생은 나와 마찬가지로 역사적 인물을 부각하며 애국정신을 고취하려 했다.

이승훈(李承薰, 1864~1930년) 선생은 호가 남강(南岡)으로 평북 정주 출생이다. 내가 망명길에 건강이 좋지 않아서 다소 힘이 들 때 정주의 오산학교를 찾아갔다. 내가 존경하던 남강 선생을 잠시 만나려는 게 목적이었다. 그는 도산(島山)의 강연을 들은 뒤 깊은 깨달음을 얻고 줄곧 인재 양성에 힘썼다. 그에겐 기준에 대한 철저한 신뢰가 있었다. 남강 선생의 싸움은 깊었다. 평소 독실한 기독교 신앙과 교육 신념으로 끝까지 제자리를 지켰다. 하지만 그의 인격적 부피는 거기까지였다. 남강은 선각자였지만 영웅이 되지 못했다. 교육과 정치의 두 갈래에서 신앙은 종종 침묵을 선택한다. 그 침묵이 길어질수록 지배는 체계화되고 암흑은 길어진다. 그러나 나는 남강 선생의 신중한 깊이를 존중했고, 그 전면성이 더욱 확장되기를 기대했다.

양기탁(梁起鐸, 1871~1938년) 선생은 아호가 우강(雩岡)으로 평안도 증산 출생이다. 외교와 무장의 경계에 서 있던 인물이다. 나는 그에게서 국제 감각을 배웠으나, 외부의 시선이 내부의 결단을 대신할 수는 없다고 보았다. 그는 실천과 조직에 능했다. 국채보상운동과 신민회 활동으로 양 선생과 자주 대면했다. 내가 〈대한매일신보〉에서 일하도록 주선하신 분이 양기탁 선생이다. 나는 그의 행동력을 높이 샀으나, 조직이 생각을 앞서는 순간에는 다소 경계의 눈길을 거두지 않았다.

이 시기에 양 선생은 나에게 한 가지 제의를 하셨다. 중국의 양치차오(梁啓超)가 쓴 『이태리건국삼걸전』을 주면서 국한문 혼용으로 이를 번역해서 출판해 보자고 했다. 나는 용기를 얻어서 곧장 번역을 시작했다. 그것은 독자들에게 역사 현실에 대한 새로운 인식과 분발을 촉구하려는 의도를 담고 있었다. 이 책은 이후 내가 발간했던 전기적 영웅소설의 첫 시작이었다. 을지문덕, 이순신, 최영 장군을 테마로 하는 책이 쏟아지듯 발간되었다. 이런 기회를 제공해 주셨던 양 선생께 감사를 드린다.

이동휘(李東輝, 1873~1935년) 선생은 호가 성재(誠齋)로 함남 단천 출생이다. 구한말부터 애국계몽운동에 종사했다. 그는 한인사회당과 상해파 고려공산당을 주도했고, 상해 임시 정부에서 국무총리를 맡았다. 한양에서 구식 군대의 진위대장(鎭衛隊長)으로 일하며 학교 설립에 많이 관여했다. 그는 1906년 내가 〈가정잡지〉를 창간했을 때 이에 동조하며 발간을 도왔다. 〈신민회〉 집회에서도 나는 그와 자주 대면했다. 1911년에 중국으로 망명을 떠났는데, 연해주로 옮겨가서 권업회 활동을 할 때 러시아혁명을 겪었다. 성재는 여기에 깊이 공감했다. 여기에 적극 협조하는 길이 조선 독립의 방안이라는 신념을 지녔다. 그가 조직한 한인사회당은 이렇게 해서 출발한 것이었다.

이동휘는 상하이 시절, 이승만이 주도하는 임시 정부의 방법론에 대해 거칠게 비판했다. 하지만 이승만 중심의 친미 외교 독립론자들은 그의 주장을 한사코 반대하며 거부했다. 그래서 그는 임시 정부를 탈퇴했고, 연해주로 옮겨 가서 고려공산당 조직이 제자리를 잡아가는 일에 핵심적 역할을 맡았다. 나는 그런 선생의 모습을 상하이 시절부터 지켜보았다. 그에게 이념이라는 존재는 토착적 성격이 아니라 이식문화(移植文化)로서의 번역임을 느끼게 한다. 국제사회와 환경문제는 목표가 아니라 조건이 되어야 한다. 주체를 보존하는 범위에서만 국제적 연대는 힘이 된다. 이동휘의 한계는 바로 그 부분이었다.

이승만(李承晩, 1875~1965년)은 임시 정부의 대통령으로 선출되었으나 줄곧 미국에서 살았다. 상하이에는 단 한 번도 얼굴을 비치지 않았다. 대체 위기의 민족사를 그는 누구의 책상 위에 올려놓았던가. 그의 독립론은 얼핏 세련된 것처럼 보인다. 우선 폭력을 피했고 외교를 말했으며 무엇보다도 국제 질서를 신뢰하고 존중했다. 그러나 나는 그 세련됨 속에서 이승만이 지닌 가장 위험한 결핍을 보았다. 나는 그를 직접 대면한 적이 없다.

그가 추구하는 독립론은 쟁취가 아니라 청원이며 승인이었다. 주체는 민족이 아니라 세계였고, 역사는 미국이라는 외부의 판단에 맡겨졌다. 외교가 수단을 넘어 목적이 되는 순간 역사는 타인의 책상 위에 올라간다. 민중은 그의 언어에서 결단의 주체가 아니라 만만한 설득의 대상이었을 뿐이다. 나는 이 선택을 단순한 가치관이나 노선 차이로 보지 않았다. 그것은 주체를 포기한 구조적 선택이었다. 그래서 임시 정부에 몸을 담고 있을 때 이승만 탄핵 운동을 적극적으로 펼쳤고, 기어이 그를 권좌에서 끌어내렸다. 어찌 대통령으로서 단 한 차례도 임시 정부에 모습을 나타내지 않는가. 이승만은 자신의 탄핵을 주도했던 내가 몹시 밉고 야속했으리라.

안창호(安昌浩, 1878~1938년)는 호가 도산(島山)으로 평남 강서 출생이다. 도덕적 실력 양성과 교육에 최고의 중점을 두었던 대단한 선각자이다. 나는 그의 도덕적 권위를 존중했으나, 점진(漸進)의 모든 길이까지 수긍하지는 않았다. 도산은 항시 사람을 먼저 세웠다. 수양과 인격을 통해 민족을 단련하려 했다. 나는 그 고결함을 의심하지 않았다.

그러나 내가 물었다. 시간은 과연 우리 편인가? 폭력은 수양의 속도를 기다려 주는가? 도덕은 필요조건이지만 험난한 이 시대를 건너기엔 충분조건이 아닐 수 있다. 그가 주장하는 수양과 자강(自强)으로써 식민의 시간은 단축될 수 없다고 나는 보았다. 우리는 신민회를 조직할 때 이갑(李甲), 양기탁 등과 연대하며 많은 노력을 했다.

도산은 언제나 부드러운 호감으로 나를 대했다. 틈만 나면 나에게 미국으로 와 주기를 청했다. 미국에서 언론 활동과 독립 사업을 함께 해 보자는 편지를 자주 보내 왔다. 1911년 9월 8일, 나는 그가 미국에서 보내온 편지에 이런 답을 써서 보내었다.

여러 번 편지를 받자와 형편이 안녕하신 줄 알았소이다. 그간에 미주(美洲)로 이미 도달하셨는지 궁금이외다. 제(弟)는 몸은 한 모양이오나 마음은 항상 여러 가닥이오이다. 미주로 오라 하신 말은 받자왔으나 아직 이곳을 떠나지 못할 관계이외다. 그만 그치압.

弟 신채호

김창숙(金昌淑, 1879~1962년)은 아호가 심산(心山)으로 경북 성주 출생이다. 나보다 한 살 위라서 우리는 동년배 친구였다. 1905년부터 그의 투쟁은 시작되었다. 을사오적(乙巳五賊)에 대한 성토였다. 기미년 이후 상하이로 망명을 떠났고 임시 정부 의정원이 되었다. 그는 나와 함께 임시 정부 내부의 파벌 싸움을 조정하려고 무진 노력했으나 모두 실패했다. 내가 잡지 〈천고(天鼓)〉를 발간할 때 여기에 공감하며 적극적으로 도왔다. 이승만이 위임통치 청원서를 국제연맹에 제출했을 때, 그는 나와 함께 가장 격렬히 비판하며 반대했던 주인공이다. 그가 작성한 이승만 성토문에는 54명의 인물이 서명했다. 1927년 일경에게 체포되어 고문받다가 두 무릎이 깨어져 앉은 뱅이가 되었다. 그래서 그때부터 벽옹(躄翁)이라는 호를 지어서 썼다. 심산은 유학 정신 속에서 난세의 돌파구를 찾으려 했다. 과연 전통은 현실로 번역될 수 있는가. 이것은 힘들고 어려운 문제일 터이나 심산은 전통의 실천 가능성을 조금씩 보여 주었다. 그는 과거를 그대로 보존하지 않고 현재로 옮기고 바꾸었다. 이러한 심산의 가치관은 매우 중요하고 빛이 난다. 전통이 기준이 될 때, 그것은 살아서 움직인다.

조소앙(趙素昻, 1887~1958년)은 경기도 파주 출생으로 본명은 용은(鏞殷)이다. '소앙'이 그의 아호이다. 성균관 재학 시절 그는 나보다 7년이나 아래였지만 우리는 선후배로 뜻이 맞았다. 당시 일본에 황무지 개척권을 어이없이 내어 준 무능한 정부에 대한 성토문을 작성해서 거리에 뿌렸다. 상하이 시절엔 함께 동제사(同濟社)를 조직해서 활동했다. 하지만 그의 기본 관점은 이승만 노선을 따르는 것이었다. 우남 이승만에 대한 존경심은 상상을 뛰어넘을 정도였다. 이 때문에 임시 정부에서 이승만 탄핵 운동이 벌어졌을 때 이를 적극적으로 반대하는 일에도 앞장섰다. 나중에는 이승만의 복권을 기대하며 그에게 쿠데타로 재집권하기를 권하는 편지까지 썼다고 한다. 나는 그의 사유를 존중했으나, 이론이 제도로 흡수되는 순간부터는 그로부터 한 걸음 물러서서 지켜보기만 했다.

신백우(申伯雨, 1888~1962년)는 아호가 경부(畊夫)이다. 언제나 말수가 적고 삶의 길을 아는 사람이다. 고령 신씨 내 집안 종제(從弟)이다. 같은 고향 사람으로 우리는 어린 시절부터 한문을 서당에서 함께 익혔다. 망명 시기 백두산 천지와 고구려 유적을 함께 올랐다. 상해 임시 정부 시절, 우리는 이승만 탄핵 운동을 함께 펼치기도 했다. 나는 그와 굳이 많은 말을 나누지 않아도 서로의 속을 환히 알고 있었다. 그만큼 우리는 다정했으며 일생의 길을 함께 걸었다. 내가 뤼순 감옥에서 죽어 유해로 돌아왔을 때 나를 고향 마을에 안장하고 묘비까지 세워 준 사람도 신백우다.

홍명희(洪命熹, 1888~1968년)는 아호가 벽초(碧初)로 충북 괴산 사람이다. 춘원, 육당(六堂)과 더불어 조선의 3대 천재로 알려지기도 했다. 언제나 나를 극진히 생각해 주던 아우이다. 나보다 8년 아래의 후배지만 항상 친구 같은 생각이 들었다. 내가 주저하던 신간회 가입을 그는 끝까지 권유하고 설득했다. 중국 베이징에 머물던 시절, 우리는 특히 자주 어울렸다. 나는 나에 대한 그의 진정성을 의심하지 않았다. 그가 펼쳐 가는 서사는 민중을 단순한 관객으로 만들지 않았다. 벽초는 작품을 통해 자기 자신을 돌아보도록 했다. 문학이 현실을 배반하지 않는 최선의 방식은 현실을 공연히 미화하지 않는 것이다. 이야기는 사상의 통로가 될 수 있다. 그러나 언대가 결단을 대신하지는 않는다고 나는 믿었다. 내가 뤼순 감옥에서 죽은 뒤 그는 〈조광〉 지에 추도문을 썼다. 「곡 단재(哭 丹齋)」

라는 제목의 글이었다. 글의 주인공인 내가 지금 읽어 봐도 슬픔이 사무쳐 피눈물이 흐를 지경이다. 벽초는 원래 정이 많고 가슴이 뜨거운 사람이다.

　단재(丹齋)가 죽다니. 죽고 사는 것이 어떠한 큰일인데 기별도 안 하고 미리 슬그머니 죽는 법이 있는가. 죽지 못한다. 죽지 못한다. 죽지 못한다. 나만 사람이라도 단재가 지기(知己)로 허(許)하고 사랑하는 터이니 죽지 못한다. (중략) 살아서 귀신이 되는 사람이 허다한데 단재는 살아서도 사람이고 죽어서도 사람이다.

　안재홍(安在鴻, 1891~1965년)은 호가 민세(民世)로 경기도 평택 사람이다. 학문과 현실을 잇고자 한 내 후배 세대이다. 〈시대일보〉, 〈한성일보〉, 〈조선일보〉 등에서 두루 활동한 대표적 언론인이다. 성균관 시절부터 우리는 조선 상고사에 대한 문제를 밤새워 토론했다. 나는 그에게서 민족의 역사를 지키려는 집요함을 보았고, 여러 부분에서 서로 뜻이 일치되는 면이 많았다.

이광수(李光洙, 1892~1950년)는 아호가 춘원(春園)으로 평북 정주 출생이다. 그는 나와 가장 아픈 갈라짐을 많이 겪었던 사람이다. 나는 그에게서 영어를 배웠다. 그의 재능을 인정했기에 나는 춘원의 노선 이탈을 더욱 호되게 꾸짖었다. 내가 망명길에 잠시 정주의 오산학교에 들렀을 때 거기 교원으로 일하고 있었다. 그 후 내가 상하이로 갔을 때 그도 그곳에 와서 임시 정부의 기관지였던 〈독립신문〉을 맡아서 발간하고 있었다. 임시 정부 일로 우리는 자주 대면했다. 그는 재능이 반짝이는 인물이지만, 항시 그에게서 안심이 되지 않는 부분은 자꾸 기회를 엿본다는 것이었다. 그러니 기준에 대한 확고한 신념을 지니고 있지 않았다. 그의 기준은 언제나 가변성(可變性)을 나타내고 있었다. 재능은 망설임 앞에서 갈림길을 부른다. 그는 매번 효율과 책임 사이에서 조금씩 전자를 택했다. 합리화는 지혜처럼 보였고 실용은 마치 현실 인식처럼 들렸다. 이광수의 문장은 점점 매끄러워졌지만 그만큼 날을 잃었다. 자주 대면하던 그를 단칼에 배신자로 규정하고 싶진 않다. 춘원은 기준을 끝까지 견뎌내지 못한

불행한 재능이었다.

　내가 영어 원서를 읽고 싶은 마음으로 공부를 시작했을 때, 영어에 능숙한 춘원은 나에게 다가와 학습시켜 주었다. 이 무렵 김규식에게서도 영어를 배웠다. 그 둘은 내 영어책 읽는 모습을 바라보며 기이한 웃음을 지었다. 나는 영문을 마치 한문책 소리 내어 읽듯 현토(懸吐)를 해 가며 읽었다. 한문 서적과 영어 원서는 모두 같은 책이라 내 방식대로 읽으면 된다고 우겼다. 그는 결국 상하이를 도주하듯 떠나서 식민지 조선의 왜적들에게 고개를 숙이고 투항해 들어갔다.

　그 무렵 나는 다시는 돌아갈 수 없는 어떤 임무를 시작하고 있었다. 의열단의 비밀자금, 위조수표를 현금으로 바꾸는 집행은 결코 실패가 허락되지 않는 위험천만한 일이었다. 하지만 그 돈은 다음 행동으로 이어질 불씨였고, 내가 여전히 살아 움직이고 있음을 보여 주는 증거였다. 나는 이 일을 자원했다. 「조선혁명선언」은 문장의 실천이었고, 나의 타이완 행보(行步)는 몸의 실천이다. 이런 임무 수행은 은신이 아니라 전면 노출에 가까웠다. 그러나 나는 주저하지 않았다.

타이완 출신의 의열단원 린빙원(林炳文)이 임무를 도왔다. 이제 남은 것은 속도가 아니라 임무의 완수였다. 나는 이미 되돌릴 수 없는 일의 한복판에 있었다. 내 본모습을 감추려고 오랜 시간 공을 들여서 변장했다. 전문가가 옆에서 도왔다. 완전히 다른 용모가 된 것을 거울 앞에서 확인하고 출발했다. 배편으로 일본 에도(神戶)를 거쳐 더 남쪽을 향해 내려갔다. 사람이 많은 길, 의심이 덜 가는 경로. 기차와 배, 서류와 이름들이 짧은 시간 안에 여러 번 바뀌었다. 얼굴은 차분했으나 시간은 빠르게 소모되고 있었다. 이 길의 끝에 무엇이 기다리는지 나는 알고 있었다.

타이완의 바다는 밝고 후덥지근했다. 그러나 그 밝음은 안도가 아니었다. 내가 탄 배가 지룽(基隆)항에 입항하는 순간, 이곳은 머물지 않고 신속하세 통과헤야 하는 곳임을 분명히 알았다. 항구의 한편, 지룽항 우편국 안은 침묵처럼 고요했다. 직원들은 각자의 일에 몰두하고 있었고,

내 손에 든 서류는 겉보기에 아무런 문제도 없었다.

그러나 운명의 시간은 나를 향해 점점 좁혀져 오고 있었다. 수표를 내미는 내 손끝이 잠시 머뭇거렸으나 그것은 낯선 흔들림이 아니었다. 이 순간을 위해 얼마나 많은 밤을 견뎌왔는지 나는 알고 있었다. 말이 먼저 오지 않았다. 이때 어떤 완강한 손이 재빨리 나를 잡았다. 상황의 위기를 눈치챘으나 나는 현장에서 달아나지 않았다. 그렇다고 그리 놀라지도 않았다. 이 장면은 이미 나의 예측 속에 있었다.

지룽항에 주둔하는 일제의 비밀경찰은 이미 첩보를 받았다. 그에 따라 긴장 속에 대기하고 있다가 즉시 나를 체포했다. 우편국 안의 공기는 순식간에 무겁고 싸늘하게 바뀌었다. 모든 직원이 나를 바라보았다. 체포는 폭력적인 사건이라기보다 차갑게 정리된 절차에 가까웠다. 그 차가움이 오히려 현실감을 더했다. 소란은 없었고 드라마도 없었다. 다만 선택의 결과가 몸에 도착했을 뿐이다. 그것은 작전의 실패가 아니라 내가 선택한 경로의 종료였다.

나는 수갑을 찬 채 끌려가면서 뒤돌아보지 않았다. 이제 달릴 수 있는 시간이 끝났음을 알고 있었기 때문이다. 체포는 작전의 실패가 아니었다. 모든 경로의 종료였다. 내가 준비하던 일은 이미 나의 손을 떠났으며, 이후의 시간은 오로지 몸이 감당해야 할 몫이었다. 시간은 내 편이 아니었다. 어느 지점에서 움직임은 멈췄고, 같은 질문은 반복되었다. 설명이 요구되었지만, 오히려 설명할 수 없는 것들이 문제의 핵심이었다. 나는 그 사실을 침묵으로 버티었다.

감옥은 침묵으로 사람을 다루는 곳이다. 나는 중국의 동북 다롄(大連)항으로 이송되었다. 머나먼 바닷길이었다. 차가운 공기, 시멘트 바닥의 냉기. 몸은 느려졌으나 의식은 오히려 또렷해졌다. 이곳에서 할 수 있는 일은 적었고 하지 않을 일은 분명했다. 옥중에서 미결수로 갇힌 채 재판을 받게 되었다. 강도 일본의 재판이란 거칠고 투박한 형식을 갖춘 선언에 가까웠다. 질문은 답을 요구하지 않았고, 판결은 이미 준비되어 있었다.

어느 날 법정에서 일본인 검사가 몹시 빈정거리는 얼굴

로 이렇게 말했다.

"너는 사기 행각을 저질렀다. 그것은 근본적으로 나쁜 짓이 아닌가."

나는 그 말에 고개를 꼿꼿이 들었다. 그리고 그에게 말했다.

"일본이 무너뜨린 내 나라 질서를 바로잡기 위한 수단은 그 어떤 것도 정당하다."

"그것이 나라와 민족을 위한 일이라면 설령 도둑질이라도 부끄러울 게 하나도 없다."

나의 단호하고 분명한 발언에 법정과 방청석은 찬물을 끼얹은 듯 일시에 조용해졌다. 그것은 내가 마땅히 해야 할 말이었다. 그 자리에서 나는 내 생애 전체를 있는 그대로 생생하게 제출했다. 나는 자신을 구차하게 변호하지 않았다. 변호란 자신이 틀렸다는 전제를 받아들이는 일이었기 때문이다. 침묵은 패배가 아니라 거부였다. 2년 10일 동안 모두 4차례의 공판이 열렸다. 그 지루하고 무의미한 과정을 거쳐 내가 받은 형량은 10년이었다. 숫자는 시간이 아니라 제거의 의지를 뜻했다. 형이 확정된 뒤 나는 뤼순(旅順) 감옥으로 끌려갔다.

감옥에서 나의 모든 시간은 즉각적으로 바뀌었다. 하루는 길어졌고 밤은 더 길어졌다. 몸은 갇혔지만, 생각은 오히려 더 멀리 움직이기 시작했다. 바깥에서는 미처 끝내지 못했던 질문들이 이젠 피할 수 없는 형태로 내 앞에 놓였다. 나는 처음으로 아무것도 하지 않는 온전한 시간을 마주했다. 회의도 없었고 연락도 없었으며 다음 행동을 준비할 수도 없었다. 그러나 바로 그때 글이 돌아왔다. 종이 위에 쓰는 글이 아니라 머릿속에서 끊임없이 이어지는 문장으로.

하지만 나는 기록하지 않았다. 기록할 수 없었고 기록해서도 안 되었다. 생각은 기록보다 훨씬 집요했다. 문장은 머릿속에서 수없이 작성되고 수없이 지워졌다. 그 뜨거운 반복 속에서 나는 이전과 다른 글을 조금씩 만나기 시작했다. 이전의 글이 싸움을 향한 글이었다면, 지금 머릿속에서 쓰는 글은 역사를 향한 글이었다. 행동을 설명하는 글이 아니라 행동이 남긴 의미를 다시 묻는 글. 나는 그 차이를 분명히 느꼈다. 감옥은 나를 침묵시키려 했으나, 아이러니하게도 내 사유(思惟)를 가장 깊은 자리로 밀어 넣어 주었다.

누가 배신했는지, 어디서 잘못되었는지를 되짚는 일은 중요하지 않았다. 중요한 것은 이 싸움이 어디까지 가야 하는가였다. 나는 다시 역사를 생각했다. 승리의 역사보다 패배의 기록을, 완결된 이야기보다 중단된 선택을. 왜 어떤 선택은 끝까지 이어지지 못했는지, 어디서 질문이 멈췄는지를 차분히 더듬었다.

몸은 시멘트 바닥에 놓여 있었으나 생각은 시간의 가장 먼 곳까지 왕복하고 있었다. 그 속에서 나는 확신했다. 이 싸움은 한 세대의 분노로 끝날 수 없다는 것을. 그래서 기록은 더 길어야 했고 더 차가워야 했다. 언젠가 다시 글을 쓸 수 있다면 나는 이전처럼 쓰지 않으리라 마음먹었다. 더 빠르게 쓰지도, 더 쉽게 결론을 내리지도 않으리라. 이제 글은 선동(煽動)이 아니라 기준이 되어야 했다. 다음 세대가 의지할 수 있는 기준.

이 무렵 고국의 아내로부터 새로운 소식이 담긴 편지가 왔다. 둘째 아들 두범(斗凡)이가 태어났다고 한다. 지난

번 베이징 빈민가에 살며 건강이 극도로 악화했을 때 내가 불러서 아내가 한 달 동안 다녀갔다. 그때 아기가 생겼던가 보다. 내 아내 박자혜는 간호대학을 나와 경성에서 산파업을 하고 있었다. 홀몸으로도 힘이 들 텐데 임신까지 했으니 삶은 절박하고 곤궁은 극에 달했으리라. 이 모든 게 남편을 잘못 만난 탓이다. 그녀에게 미안한 마음 한량이 없었다. 아내가 보내온 편지에 나는 다음과 같은 답신을 써 보내었다.

"내가 가장으로 아무런 도움도 주지 못해서 면목이 없구려. 당신은 남편을 애초부터 아예 없었던 걸로 여기시오. 그리고 정 키우기가 힘들다면 아이를 고아원으로 보내시오."

세상에 어느 남편이 이런 편지를 보낼 수가 있는가. 이것만 보더라도 나는 가장으로서 무능하기 짝이 없다. 박자혜에게 참으로 면목이 없구나. 얼굴조차 들 수가 없다. 아내는 내 편지를 읽고 어떤 심정이었을까. 나는 오로지 역사 연구에만 열중해 온 바보다. 남편과 아비로서는 도무지 자격 상실이다. 이것은 종생(終生)을 예감한 내가 아내에게 보내는 마지막 말이었다.

　감옥의 시간은 나를 약하게 만들지 않았다. 오히려 문장을 가볍게 쓰던 습관을 완전히 지워 주었다. 한 문장, 하나의 생각이 얼마나 많은 시간을 감당해야 하는지를 몸으로 배웠기 때문이다. 나는 기다렸다. 풀려나기를 기다린 것이 아니라 다시 써야 할 순간을 기다렸다. 그 순간이 언제 오든 상관없었다. 이미 글이 나를 떠나지 않는다는 것을 확인했기 때문이다.

　몸이 갇힌 자리에서 글은 다시 시작되고 있었다. 이번에는 서두르지 않았고 흔들리지도 않았다. 역사는 아직 끝나지 않았고, 이 사실을 이제 누구보다 분명히 알고 있었다. 나는 그 시간을 끝까지 살 생각이었다. 그러나 내 병들고 허약한 몸이 먼저 한계에 다다랐다.

　1936년 2월 18일, 몸이 말을 듣지 않았다. 의식은 멀어졌고 세상은 급격히 기우뚱해졌다. 뇌일혈(腦溢血)이었다. 나는 의식을 잃은 채 옥중의 차가운 시멘트 바닥에 쾅 쓰러졌다. 당시 내 나이 57세. 내가 옥중에서 쓰러졌다는 소식은 식민지 조선으로 급히 전해졌다. 나의 아내 박자혜, 그리고 어린 아들 수범이가 그 먼 길을 허겁지겁 달려와 긴급 면회를 신청했다. 그러나 그들은 결국 나와 대면하지 못했다.

발을 동동 구르며 감옥 철문 앞에서 애타게 기다렸으나 모질게 면회가 거절당했다. 나는 그것도 모른 채 의식불명에서 줄곧 깨어나지 못했다. 나의 입은 닫혔다. 이미 말로 할 수 있는 일은 모두 끝난 뒤였다. 내 가족은 다음 날 아침 다시 찾아와 면회를 신청했다. 하지만 뤼순 감옥의 교도관은 또다시 그 신청을 단칼에 거부했다. 내 가족은 육중한 감옥의 철문 앞에서 어쩌지도 못하고 서성였다.

2월 21일 오후 4시 20분 정각, 나는 혼자 마지막 숨을 헐떡이다가 기어이 심장의 고동을 멈추었다. 나를 지켜 주는 사람은 곁에 아무도 없었다. 내 마지막 자리는 병상이 아니라 뤼순 감옥의 차디찬 시멘트 바닥이었다. 그곳엔 나를 위해 깔고 덮어 줄 따뜻한 이부자리도, 기댈 벽도 없었다. 그러나 그 마지막 광경은 결코 초라해 보이지 않았다. 평생을 싸워 온 항일 투사의 최후로는 이게 가장 빛나는 모습이 아닌가. 영광된 순국(殉國)이다. 몸은 쓰러졌지만 내가 남긴 것들은 그 자리에서 전혀 무너지지 않았다.

나는 죽었다. 그러나 나의 문장은 고스란히 살아 있다. 몸은 쇠고랑 채워 가둘 수 있어도 사유(思惟)는 가둘 수 없다. 내가 지핀 불꽃은 이미 세상의 다른 손으로 옮겨져서 활활 타고 있다. 나는 끝까지 굽히지 않았다. 그래서 쓰러졌고, 그래서 사라졌으며, 그래서 남았다. 내 호흡은 비록 이역 땅 옥중에서 멈추었고 체온은 싸늘하게 식었으나, 내 영혼의 불꽃은 그 자리에 머물지 않았다.

그 불꽃은 지금도 다음 사람의 손에서 손으로 이리저리 바쁘게 옮겨 다니는 중이다.

끝나지 않은 문장

그는 끝내 자기 이름을 남기려 하지 않았다. 남기고자 했던 것은 이름이 아니라 방향이었다. 나라가 사라진 자리에 사람들은 제각기 길을 세웠지만, 그는 길보다 먼저 기준을 세웠다. 무엇이 옳은가, 무엇이 빠른가가 아니라 무엇이 끝내 부끄럽지 않은가를 스스로 물었다. 그래서 그는 자주 혼자가 되었다. 사람들 속에 있어도 혼자였고, 조직 안에 있어도 혼자였다.

그러나 그는 고독을 변명으로 쓰지 않았고 연대를 핑계로 판단을 미루지도 않았다. 말은 점점 줄어들었고 글은 점점 날카로워졌다. 위로하지 않는 문장, 돌아보지 않는 문장, 한 번 쓰이면 되돌릴 수 없는 문장만을 그는 남겼다.

법정에서 그는 자신을 변호하지 않았다. 옥중에서도 자기 선택을 수정하지 않았다.

그가 마지막까지 지키려 한 것은 목숨이 아니라 자기 말의 무게였다. 그의 생은 영웅담으로 남기에는 너무 거칠고, 비극으로 부르기에는 너무 단정하다. 그는 이기지 못했으나 패배하지도 않았다. 다만 끝까지 물러서지 않았을 뿐이다.

오늘 우리가 그를 다시 부르는 이유는 그가 남긴 답 때문이 아니다. 그가 끝내 회피하지 않았던 다음의 세 가지 질문 때문이다.

나라를 잃은 시대에 어떻게 살 것인가?

힘이 없을 때 무엇까지 정당한가?

말은 어디까지 책임이 되는가?

그 질문은 아직 끝나지 않았다. 그는 이미 떠났으나, 그가 세운 기준은 여전히 우리 앞에 서 있다. 단재는 끝까지 완결을 믿지 않았다. 역사는 언제나 중간에서 멈추었고, 멈춤 속에서 다시 시작된다고 생각했다. 그래서 그는 승리를 서둘러 쓰지 않았으며, 패배를 결론으로 남기지도 않았다. 단재 신채호에게 역사는 결과가 아니라 태도였다.

그의 생은 자주 끊겼다. 떠남으로, 체포로, 침묵으로……

그러나 끊긴 것은 삶의 동선이었지 사유의 흐름은 아니었다. 몸이 멈춘 자리에서도 생각은 계속 이어졌고, 그 생각은 다시 다음 선택을 향해 나아갔다.

단재는 영웅이기를 원하지 않았다. 영웅은 쉽게 소비되고, 소비된 영웅은 곧 신화가 되기 때문이다. 그가 두려워한 것은 패배보다도 신화였다. 신화는 질문을 멈추게 하고, 질문이 멈춘 곳에서 역사는 다시 권력의 손으로 넘어간다. 그래서 단재의 발자취는 항상 질문의 형태로 남으려 했다.

우리는 누구인가? 무엇을 기억해야 하는가? 어디서 선택을 잘못했는가? 그리고 지금 우리는 어떤 선택을 해야 하는가? 감옥에서, 망명지에서, 이름 없이 흩어진 시간 속에서 그 질문들은 더 날카로워졌다. 단재는 쓰지 못한 글보다 쓰지 않기로 한 문장을 더 오래 붙들었다. 그 선택이 훗날 더 무거운 책임으로 돌아올 것을 이미 알고 있었기 때문이다.

단재 신채호의 죽음은 조용했고 초라했다. 그러나 그가 남긴 문장은 고요하지 않았으며 초라하지도 않았다. 그 문장들은 한 시대를 선동하지는 않았지만 여러 시대를 흔들었다. 큰 구호가 아니라 작은 기준으로.

이 책은 단재 신채호의 생을 평면적으로 정리하려는 시도가 아니다. 정리는 언제나 질서를 세우는 쪽의 언어이기 때문이다. 이 책이 하고자 한 것은 단재가 세상에 남긴 질문을 다시 살아 있는 형태로 독자 앞에 내어놓는 일이었다.

우리는 아직 단재의 질문에 충분한 답을 제시하지 못했다. 어쩌면 앞으로도 그러지 못할 것이다. 그러나 분명한 것은 하나다. 우리가 질문을 계속 붙들고 있는 한, 역사는 완전히 패배하지 않는다. 단재는 말하지 않았지만, 삶으로 모든 걸 남겼다. 역사는 피로 쓰이지 않으며 완성되지도 않는다는 사실을. 역사는 언제나 다음 선택을 기다리는 열린 문장이라는 사실을.

이제 그 문장은 우리 앞에 엄숙히 놓여 있다.

다시 쓰라고, 다시 묻고, 다시 선택하라고.

2026년 3월

이 동 순

단재 신채호 연보

1880년 12월 8일 충청도 공주목 대덕군 산내면 어남리(도리미) 출생. 현 대전 중구 어남동 233번지. 조부 신성우(申星雨), 부친 고령 신씨 신광식(申光植, 1849~1886년) 모친 밀양 박씨. 형 재호(在浩) 본인 채호(采浩), 형은 요절. 아호는 단재(丹齋), 단생(丹生), 일편단생(一片丹生), 필명은 무애생(無涯生), 열혈생(熱血生), 금협산인(錦峽山人), 한놈, 검심(劍心), 적심(赤心), 연시몽인(燕市夢人), 독립운동 시기 가명으로 윤인원, 왕국금, 박철, 옥조숭, 유맹원 등을 쓰기도 함. 청주 낭성 귀래리 고두미 마을의 고령 신씨 집성촌으로 이사. 『자치통감』 완독. 모과

나무 기념식수.

1887년(8세) 부친 38세로 별세. 이후 청원군 낭성면 귀래리 고두미 마을로 이사. 조부 신성우에게 서당 교육 받음. 9세 통감 완독. 10세에 행시 지음. 14세에 '사서삼경' 독파. 천재 소년 명성이 자자. 신규식(申圭植), 신백우(申伯雨)와 산동의 삼재(三才)로 소문이 남.

1894년(15세) 신병휴(申炳休)의 문하로 들어감. 신백우와 함께 수학. 이때 낭성면 관정리에서 동학농민군 목격.

1895년(16세) 풍양 조씨와 혼인.

1897년(18세) 형 재호 20세로 사망. 신승구 추천으로 충남 목천으로 가서 학부대신 신기선(申箕善)을 만남. 그의 서재에서 실학과 신학문 서적을 접함.

1898년 신기선 추천으로 상경 후 성균관 입학, 이남규(李南圭)에게 수학. 독립협회 가입하여 민권운동 전개하다 한때 투옥. 김연성(金演性), 변영만(卞榮晩) 등과 사귐. 이들과 독서회를 조직하고 사회과학을 공부함. 이때 사회진화론을 공부하며 자강운동을 접함. 독립협회에 참가하다가 체포됨.

1901년(22세) 신규식의 고향인 인차리에서 신백우와 함께 문동학원(文東學院) 강사로 애국계몽운동 전개. 한문 무용론을 제기하여 봉건 유생들로부터 배척당함. 이후 한글 사용 강조. 국한문 혼용이나 순 한글로 작성한 글을 발표.

1902년(23세) 일본의 침략과 정부를 성토하는 글을 발표.

1903년(24세) 조소앙(趙素昻) 등과 친일 매국 무리를 규탄하고 성토문을 발표함. 유생들과 시위운동.

1904년(25세) 성균관에서 후배 조용은 등과 항일성토문 작성. 귀향 후 신충식의 집에 산동학당을 설립하고 신학문 가르치며 학생들에게 애국 의식을 고취함.

1905년(26세) 성균관 박사가 되었으나 다음 날 바로 사직 후 단발. 을사늑약(乙巳勒約)이 발표됨. 〈황성신문〉 논설위원이 됨. 신채호가 쓴 글 때문에 무기 정간됨.

1906년(27세) 양기탁(梁起鐸)의 추천으로 〈대한매일신보〉 주필이 됨. 애국계몽운동의 급선봉. 『이태리건국삼걸전(伊太利建國三傑傳)』번역 발간. 비밀결사 〈신민회(新民會)〉에 참가. 취지문 기초. 국채보상운동에 적극 동조하며 금연으로 모은 약간의 돈을 보냄. 일진회를 성토함.

1907년(28세), 1908년(29세) 한글 잡지 〈가정잡지〉 발간. 『을지문덕』발간. 대한자강회, 대한협회, 기호흥학회 등에 가입.

1908년(29세) 유교계 비판 논설 발표. 영웅대망론 강조. 일본의 큰 충노(忠奴) 세 사람을 들면서 신기선을 그 중 1인으로 규정.

1909년(30세) 시론 「천희당시화(天喜堂詩話)」 발표. 『동국거걸 최도통전』,『이순신전』발표. 강감찬, 한석봉, 연개소문, 류화, 박상희 등 여러 민족 영웅을 부각. 「독사신론(讀史新論)」발표 시작. 김부식을 역사의 죄인으로 규정하고 사대주의의 폐해를 지적함. 한양의 삼청동에 거주 중 병약하여 항시 약 복용. 이 무렵 첫아들 관일이 출생했으나 아내가 분유를 잘못 먹여 급체로 사망함. 이 때문에 아내와 이혼. 형의 딸 향란을 맡아서 양육함.

1910년(31세) 신민회 간부회의 결정에 따라 망명 준비.

<대한매일신보> 변질 이후 국치 예감하고 중국으로 망명. 도중에 심한 멀미로 하선하여 정주 오산학교에 들렀다가 20일 머문 뒤 옌타이(煙臺)를 거쳐 칭다오(靑島)에 도착. 이때 짐 보퉁이엔 안정복(安鼎福)의 『동사강목(東史綱目)』 원본 한 질을 휴대함. 동지들과 '청도회의' 개최. 무관학교 건설을 강력히 주장. 이후 연해주 해삼위로 가서 <해조신문>, <청구신문> 발간. 본격적 망명 생활 시작. 일본의 끝없는 방해. 8월에 국권 패망의 소식을 들음.

1911년(32세) 해삼위, 즉 블라디보스토크에서 '광복회'를 조직하고 부회장으로 활동. 광복회 고시 작성. '권업회' 조직 주필.

1912년(33세) 러시아 한인 기관지 <대양보(大洋報)>를 창간하고 이후 <권업신문(勸業新聞)>으로 이름이 바뀐 뒤 주필로 활동. 안창호가 미국으로 오라는 제의를 거절. <권업신문>의 파벌 싸움 속에 사직.

1913년(34세) 해삼위를 떠나 펑텐(奉天)으로 이동. 회인현으로 가서 학교 경영 및 대종교 입교. 조선사 집필 시작. 신백우와 백두산 등정. 고구려 옛 땅 순례. 광개토

대왕릉 답사. 이후 상하이로 이동. 「고금광복기(古今光復記)」 집필. 동제사(同濟社) 가입. 상하이 박달학원 교수로 활동.

1914년(35세) 대종교 교주 윤세복(尹世復)의 초청으로 환인현 동창학교 국사 교사가 됨. 고구려 고분군을 집중적으로 답사함.

1915년(36세) 북경으로 이동. 저술 및 동지 규합. '조선상고사(朝鮮上古史)' 집필 구상. 북경도서관 생활. '신한청년회' 조직. 한중항일공동전선 결성 제의.

1916년(37세) 자전적 중편소설 「꿈하늘(夢天)」 집필. 8월에 나철(羅喆)의 자결을 슬퍼함.

1917년(38세) 질녀 향란의 혼인 문제로 몰래 귀국. 향란과 대화 후 단호히 의절함. 진남포에서 경성으로 잠입 후 제자 김기수 집을 찾아가 조문. 다시 중국으로 복귀.

1918년(39세) 북경 보타암에서 '조선사' 집필. 북경의 〈중화보〉에 논설 실음. '의(矣)'라는 어조사 히니를 빠뜨렸다며 집필을 단호히 거절. 〈북경일보〉 경우도 동일.

1919년(40세) 〈무오대한독립선언서〉에 39인 민족 대표로 서명. 비밀결사 '대동청년단' 단장으로 추대. 대한민국 임시 정부 수립에 참가. 상해 임시 정부에서 충청도 대표로 참가함. 이승만 노선에 반대하여 사임함. 신문 〈신대한〉 주필로 활동. 이광수의 〈독립신문〉 논조를 비판함. 이승만의 위임통치 청원 사건을 격렬히 비판한 뒤 임시의정원에서 해임됨. 대한독립청년단 단장. 한성정부 평정관에 선임. 신대한독립청년단 부단주로 추대됨. 이 무렵 김규식과 이광수로부터 영어를 학습함.

1920년(41세) 북경으로 이동하여 '보합단(保合團)' 조직에 참여. 북경에 망명 유학 중이던 간호사 출신의 박자혜와 혼인. 우당 이회영(李會英)의 부인 이은숙(李恩淑)이 중매함. 박자혜는 3·1운동에 참가 후 간우회사건(看友會事件)으로 북경에서 연경대학을 다니며 망명 생활. 28세의 그녀와 신혼 생활.

1921년(42세) 중국과의 항일연합전선을 형성할 목적으로 순 한문 잡지 〈천고(天鼓)〉를 창간함. 7호까지 발간. 장남 수범(秀凡) 출생. 차남 두범(斗凡)은 요절. 천진에서 임시 정부 반대 활동으로 잡지 〈대동(大同)〉 발간. 미국에 의한 위임통치를 주장하는 '이승만 성토문'을 발표함. 통일책진회 발기. 북경에서 군사통일주비회를 열고 임시정부를 호되게 비판함. 국민대표자회의 개최.

1922년(43세) 극도의 곤궁 속에서 역사 연구에 정진함. 아내와 아들을 경성으로 보내고 북경 관음사의 승려가 됨. '조선사통론', '문화 편', '사상변천 편', '강역고', '인물고' 등을 힘겹게 집필했으나 애써 쓴 원고 뭉치를 모두 분실함.

의열단(義烈團) 단장 약산(若山) 김원봉(金元鳳)이 찾아와 '의열단 선언문' 작성을 요청함. 이때 약산과 함께 상하이로 가서 폭탄 성능 실험을 참관함. 이후 1개월 동안 두문불출 몰입하여 5장 6,400자로 작성된 「조선혁명선언(朝鮮革命宣言)」 집필 완성. 민중직접혁명론을 민족해방운동론으로 정립함. 이 글에서 테러적 직접행동론을 민족해방운동의 구체적 방법론으로 제시함. 의열단에서는 이 선언문을 대량으로 인쇄 살포함. 모든 의열단원은 이를 반드시 휴대하고 선전함.

1923년(44세) 하바롭스크 원동군 역사 교관. 북경대 교수 이석증의 소개로 『사고전서(四庫全書)』를 완독함. 국민대표자회의에 참여하고 창조파의 맹장으로 활약함.

1924년(45세) '다물단(多勿團)' 선언문을 집필함. 이 조직을 정신적으로 지도함. 육당이 운영하던 시대일보사에서 귀국해 함께 일하자는 제의가 왔으나 이를 단호히 거절함.

1925년(46세) 〈동아일보〉에 「낭객(浪客)의 신년만필」 등 중요하고 다양한 논설을 연재 형식으로 발표함.

1926년(47세) 무정부주의동방연맹 결성 준비모임에 참여함.

1927년(48세) 안재홍(安在鴻)의 '신간회(新幹會)' 발기인으로 참여 요청을 거절했으나 친구 벽초(碧初) 홍명희(洪命熹)의 강력한 권유로 참여함. 잡지 〈탈환(奪還)〉 발간. 북경에서 열린 무정부주의동방연맹 창립대회에 한국 대표로 참가. 선언문 작성. 잡지 〈동방〉 발간.

1928년(49세) 소설 「용과 용의 대격전」 집필. 조선사 연구에 열중하다가 시력이 극도로 나빠져 처자를 북경으로 불러 1개월간 함께 거주. 텐진에서 조선인 아나키스트 대회 개최. 이 결의 실행을 위한 자금 조달 임무를 받아 대만인 린빙원(林炳文)과 협의하고 중국인으로 변장 후 출발함. 일본 에도(江戶)에서 일본 선박 항춘환(恒春丸)을 타고 타이완의 기륭(基隆)항에 입항함. 5월 8일 지룽항 우편국에서 위조수표를 제시하고 거액을 인출하던 중 현장에 대기하던 지룽경찰서 형사에게 체포됨. 즉시 다롄(大連)으로 호송됨. 다롄 도착 즉시 외국 위체 위조 사건 연루자로 구속됨.

　1929년(50세) 다롄 법정에서 공판이 개최됨. 일본인 법관이 "사기 행각을 나쁘게 생각지 않느냐?"라고 묻자 "우리 동포가 나라를 찾기 위하여 취하는 수단은 모두 정당한 것이니 사기가 아니며, 민족을 위해 도둑질을 할지라도 부끄러움이나 거리낌이 없다."라고 답변함. "현 제국주의 제도에 불평과 약소민족의 미래를 위하여 단행한 것."이라고 분명히 소신을 밝힘.

　1930년(51세) 2년 10일 동안 4차례의 공판을 거쳐 10년 실형을 선고받고 뤼순(旅順) 감옥으로 이감. 복역 중 경성에서 후배 홍명희의 주선으로『조선사연구초(朝鮮史研究

輯)』가 발간됨. 형무소로 면회 온 이관용에게 H. G. 웰스의 『세계문화사』, 에스페란토 문법책 등을 요청함.

1931년(52세) 안재홍의 주선으로 〈조선일보〉에 「조선사」를 연재함. 「조선상고문화」도 연재함. 하지만 이후 단재는 일본 연호를 쓰는 신문에 자신의 글이 연재되는 걸 허용할 수 없다며 즉시 중단을 요구함.

1935년(56세) 영양실조와 동상으로 건강이 극도로 악화됨. 일제는 그들이 인정하는 지인이 있을 경우 출감(出監)이 가능하다고 통보함. 하지만 당시 추천된 인물은 친일 부호라서 단재는 그의 보증인 지정을 단호히 거부함.

1936년(57세) 2월 18일 뇌일혈로 의식불명. 부인 박자혜, 아들 신수범, 친우 서세충이 뤼순으로 서둘러 달려갔으나 면회 불가. 다음 날 아침 9시에 다시 방문해 면회를 요청함. 그러나 의식불명이라며 면회가 거부됨. 2월 21일 오후 4시 20분 옥중에서 순국함. 향년 57세. 판결문 1통, 작은 수첩 두 권, '유맹원(劉孟源)'이라 새겨진 상아 도장 1개, 크로포트킨 사상집, 안재홍의『백두산 등척기』, 이선근의『조선최근세사』, 중국 돈 1원, 편지 10통 등을 유품으로 건네받음.

평소 "내가 죽거든 왜놈들 발에 시신이 차이지 않도록 화장해서 바다에 뿌려 달라."라고 말함. 2월 22일 오전 11시경 뤼순에서 화장됨. 24일 오후 2시 50분경 경성역 도착. 그날 밤늦게 청주 도착. 신백우 집에서 하루 묵은 뒤 다음 날 고두미에 묻힘. 청원군 낭성면 귀래리 옛 집터에 몰래 매장. 민적(民籍)이 없으므로 매장 허가를 받지 못했고 면장 묵인하에 암장. 이후 암장을 도와 준 면장은 파면됨. 만해 한용운(韓龍雲)이 비석을 마련하고 오세창이 '단재 신채호지묘'라는 글씨를 새김. 그러나 일경의 집요한 감시로 설치하지 못하고 심우장(尋牛莊) 뒤뜰에 숨겨 놓음. 이후 신백우의 주선으로 묘소에 건립함.

〈신동아〉, 〈조광〉 등의 잡지에서 단재 추모 특집을 꾸밈.

1942년 순국 후 6년, 둘째 아들 두범 사망. 친우들이 '단재 신채호 유고집'을 간행하려 했으나 일제의 엄중한 감시로 실현되지 못함.

1943년 순국 후 7년, 부인 박자혜 여사가 48세로 사망함. 이때 아들 수범이 만주에 가 있어서 모친 임종을 지키지 못함. 마을 주민의 도움으로 장례식 거행.

1945년 순국 후 9년, 중국에서 '신채호 학사' 설립.

1946년 순국 후 10년, 〈조선일보〉 연재 글을 모아 『조선사론(朝鮮史論)』이라는 제목으로 발간됨.

1948년 순국 후 12년, 그 책을 다시 보충한 『조선상고사(朝鮮上古史)』가 출간됨.

1955년 순국 후 19년, 변영로 등이 단재유고출판회를 조직하고 『을지문덕』의 한글 번역판을 출간함.

1962년 순국 후 26년, 건국공로훈장 대통령장을 받음.

1970년 순국 후 34년, 단재신채호전집편찬위원회가 조직되어 본격적인 원고 정리 작업이 시작됨.

1971년 순국 후 35년, 문화공보부 선열추모기념사업 일환으로 선생 묘소를 새로 단장함. 외솔회 기관지 〈나라사랑〉에서 단재 특집을 꾸밈.

1972년 순국 후 36년, 『단재신채호전집』 상하권이 발간됨.

1975년 순국 후 39년, '전집 보유(補遺)' 한 권이 추가로 발행됨.

　1976년 순국 후 40년, 신문회관에서 순국 40주년 추모 강연회가 개최됨.

　1977년 순국 후 41년, 『단재신채호전집』 상중하 3권의 개정증보판이 발간됨. 12월 '별집' 발간. 모두 4권으로 전집 완간됨.

　부인 박자혜 여사에게 건국공로훈장 대통령 표창이 추서됨.

　1978년 순국 후 42년, 전집 간행과 영당 건립을 기념하는 학술강연회가 열림.

　1982년 순국 후 46년, MBC 다큐 드라마 〈단재 신채호 일대기〉가 전국에 방영됨.

　1991년 순국 후 55년, 아들 신수범은 70세로 사망함.

　2009년 순국 후 73년, 단재 선생은 마침내 대한민국 국적을 정식으로 회복함.

　2021년 9월28일 순국 후 85년, 한국 해군의 잠수함 3번함이 '신채호함(申采浩艦)'으로 명명됨.

한민족의 정체성을 만든 인물들을 통해, 삶의 지혜와 미래의 길을 연다.

근대 — 삼한갑족 노블레스 오블리주의 대명사

동서고금을 통해 해방운동이나
혁명운동은 자유와 평등을 추구하는 운동이었다.

"한 민족의 독립운동은 그 민족의 해방과 자유의 탈환을 뜻한
이런 독립운동은 운동 자체가 해방과 자유를 의미한다.
태고로부터 연면히 내려온 인간성의
본능은 선한 것이다."
- 이회영이 독자에게 -

이덕일 지음 I 값 14,800원

근대 — 육성으로 직접 들려주는 독립군의 장군 일대기

내가 오지 말았어야 할 곳을 왔네,
나를 지금 당장 보내주게

야 이놈들아, 내가 언제 내 흉상을 세워 달라 했었나.
왜 너희 마음대로 세워놓고, 또 그걸 철거한다고 이 난리인
내가 오지 말았어야 할 곳을 왔네. 나를 지금 당장 보내주거
원래 묻혔던 곳으로 돌려보내주게.
나는 어서 되돌아가고 싶네.
- 홍범도가 독자에게 -

이동순 지음 I 값 14,800원

고대 — 신화가 아니라 실재했던 한겨레의 국조

서로 잘 어우러져 하나가 되는
홍익인간 공공사회를 일구었노라

"나는 임금이 되어 우리 겨레를 홍익인간의 삶으로 이끌려 애썼
그러면서도 자연의 원리에서 떠나지 않으려 했다.
융통성을 바탕으로, 공동체를 사안에 따라 매우
유연하고도 능란하게 운영하려고 했다. 반란과 대홍수를
이겨내고 모두 하나가 되는 공공사회를 일구었노라."
- 단군왕검이 독자에게 -

박선식 지음 I 값 14,800원

근대 ｜ 식민지시대 대중문화운동의 진정한 선구자

너희가 '황성옛터'를 아느냐

나라 잃은 시대, 나는 민족 저항의 노래인 '황성옛터'
한 곡으로 겨레의 영혼에 불을 지폈다.
그 불이 꺼지지 않고 오늘에 이르렀다.
지금 그 불꽃은 꺼졌는가?
여전히 활활 타고 있는가?
- 왕평이 독자에게 -

이동순 지음 ｜ 값 14,800원

근대 ｜ 꺾이지 않는 마음으로 행동했던 시인

인간다운 삶을 위한 해방,
완전한 독립을 위하여!

"나는 꺾이지 않는 마음이다. 의열단 군관학교 출신의 독립운동
비밀요원으로, 감옥에서 죽어가는 순간에도 시를 썼던 시인으로,
내가 꿈꾸었던 것은 자유롭고 평화로운 세상이었다.
인간다운 삶을 위한 해방, 완전한 독립을
완성하는 것은 이제 그대들의 몫이다."
- 이육사가 독자에게 -

고은주 지음 ｜ 값 14,800원

중세 ｜ 귀주대첩으로 고려를 구한 구국의 영웅

11세기 동북아의 국제질서를 뒤흔들어놓은 귀주대첩

"거란의 2차 침입 때 대신들이 항복을 말했지만
나는 항복은 안 된다고 외쳐 위기를 넘겼다. 동북면병마사,
서경유수로 재직하면서 거란의 재침에 철저히 대비한
나는 거란의 3차 침입 때 귀주 벌판에서 적을 전멸시켰다.
고려는 막강한 저력을 바탕으로 거란, 송나라와
대등한 외교를 펼치며 평화를 누렸다."
- 강감찬이 독자에게 -

박선욱 지음 ｜ 값 14,800원

신화적인 삶을 산 한민족사의 큰 어른

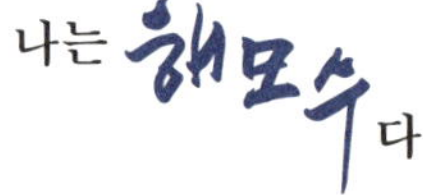

나는 조선인이고, 부여인이며, 고구려인이다

여러분의 말 속, 정신 속에는 나의 삶이 조금씩 배어 있다.
조상이 무엇인가? 역사의 거름이 되는 게 아닌가?
어려운 시기가 오고 있네만 나를 거름으로 삼아
후손들을 위해 맑고 기름진 거름이 되게나.
- 해모수가 독자에게 -

윤명철 지음 | 값 14,800원

타는 목마름으로 연 민주화와 흰 그늘의 길

더 나은 세상을 위해 진흙창 속에 핀 연꽃, 십자가가 되려 했다

"나는 개벽을 향한, 부활을 향한 민중의 고통에 찬
전진 속에서, 내게 주어진 진흙창 삶 속에 피우는 연꽃이
되려 꿈꿨다. 내게 주어진 십자가를 지고 민중과 함께
있기를 소망했다. 민중의 한 사람인 내가 꿈꾼 이런 소망이
어느 시대, 어느 세상에서든 좀 더 나은 세계로 건너가는
징검다리 돌 하나가 됐으면 좋겠다."
- 김지하가 독자에게 -

이경철 지음 | 값 14,800원

백석 시인을 사랑했던 조선권번 기생

저는 백석 시인의 뜨거운 사랑을 받았습니다

그 험하고 가파른 세월을 무탈하게 살아올 수 있었던 것은
오로지 제 나이 22세 때 만나 서로 뜨겁게 사랑했던
백석 시인의 고결한 영혼 덕분입니다.
- 김자야가 독자에게 -

이동순 지음 | 값 14,800원

현대 | 대한민국 현대사의 격랑 속에서 소설이 된 사람

증오는 사랑과 연민이 되고, 나는 결국 소설이 되었다

"나의 인생과 소설에 담긴 역사를 바라봐주면 좋겠다.
내 안의 '양반 의식', '아줌마 정신',
'빨갱이 트라우마'를 온전히 바라봐주면 좋겠다.
그렇게 나를 기억해주면 좋겠다."
- 박완서가 독자에게 -

이경식 지음 | 값 14,800원

중세 | 고려의 자주국 수호를 천명한 여걸

자주국 고려의 위상은 내가 지킨다

"'나의 고려가 외국에 사대하는 것을 원치 않았다. 성종이
내려놓은 고려의 위상을 반드시 되돌려 놓아야 한다고
다짐했다. 그것이 태조 왕건의 유조에 따라
고려가 자주국이자 황제국으로서, 세상 그 어떤 나라도
넘보지 못할 대국으로 거듭날 수 있는 유일한 방법이라
여겼으니 이것이 내가 목종을 대신하여 섭정한 이유다."
- 천추태후가 독자에게 -

윤선미 지음 | 값 14,800원

단체 | 분야별 | 조선왕조 5백 년을 이끈 5대 명문가의 이야기

집안이 어려워도 낙담해선 안 되고 공부가 쓸모없다고 관두어서도 안 된다

딱한 처지에 놓일지라도 민망하게 여기지 않고,
귀한 신분에 올랐음에도 교만하지 않을 뿐더러,
참혹한 화를 당해도 위축되거나
운명에 흔들려선 안 된다.
- '삼한갑족'이 독자에게 -

박상하 지음 | 값 14,800원

중세 한 역사가의 발자취를 따라 걷는 시간 여행

나는 **일연**이다

기울어진 고대사의 운동장
나 일연이 바로잡고 싶었다

"내가 『삼국사기』를 살펴보니 유교적 합리사관과 모화적
사대사관 등으로 우리 고대사의 운동장이 한쪽으로 크게
기울어져 있음을 알 수 있었다. 나는 이와 같은 고대사의
편향성을 바로 잡기 위해 수십 년에 걸친 각고의 노력을 기울인
끝에 『삼국유사』를 편찬하였다."
- 일연이 독자에게

-이종문 지음 | 값 14,800원

고대 두 번의 왕후 자리로 고구려에 승부수를 던지다

나는 **우씨왕후**다

나는 세 명의 왕을 모신 왕후이자 태후였다

무릇 왕이란 하늘이 내리는 자리라고 했다.
내가 산상왕을 택한 것은 하늘이 가납한 것이니,
그 대를 이은 왕들이 우리 역사상
가장 위대한 고구려를 만든 것이야말로
나의 공적이라 할 수 있을 것이다.
- 우씨왕후가 독자에게 -

윤선미 지음 | 값 14,800원

근대 갑신정변 김옥균의 그림자이며 고대수라 불렸던 7척 장신 궁녀

나는 **이우석**이다

19세기 후반, 근대 국가 '부강한 자주 조선'을
꿈꾸었던 액맥이 궁녀!

"나는 크고 힘이 센 몸으로 태어났다. 세상은 나를
'괴물'이라 하였으나 나는 동의하지 않고, 꿈을 꾸었다.
하늘이 나를 그리 만들어 주신 이유는 '작고 힘없는
사람들'을 도와 함께 잘 살라는 뜻이라 믿었기 때문이다."
- 이우석이 독자에게 -

노지민 지음 | 값 14,800원

고대 | 영원히 지지 않는 충의 상징

무(武)의 궁극은 남을 해하는 것이 아니라 자신을 이기는 데 있다.

우리가 전장에 나간 것은 적을 베고자 함이 아니라
백성을 살리고 백제를 구하기 위함이었다.
이것이 무의 본질이고 나의 충이다.
- 계백이 독자에게 -

김문주 지음 | 값 14,800원

근대 | 독립운동에 천문학적 재산 헌납

2천만 겨레의 한을 되갚았던 봉오동의 승전보, 나 최운산이 밝히는 봉오동 전투의 진실!

"나는 독립군 전원에게 총포화기와 식의주(食衣住),
그 일체의 비용을 위해서 전 재산을 내놓았다."
- 최운산이 독자에게 -

오세훈 지음 | 값 14,800원

근대 | '조선의 체 게바라'로 불린 선각자

역사를 잃으면 미래도 없다

일본은 내 나라를 강탈했다. 나는 그 일본을 '강도'라고 불렀다.
독자들이여! 내가 어떤 삶을 살았는지 궁금하다면
이 책을 보시라
- 신채호가 독자에게 -

이동순 지음 | 값 14,800원